U0906098

遍地都是六便士，他却抬头看月亮

郝平 等／著

中国财富出版社

图书在版编目（CIP）数据

遍地都是六便士，他却抬头看月亮 / 郝平等著 .—北京：中国财富出版社，2019.11

ISBN 978-7-5047-6884-1

Ⅰ . ①遍…　Ⅱ . ①郝…　Ⅲ . ①演讲—中国—当代—选集　Ⅳ . ① I267

中国版本图书馆 CIP 数据核字（2019）第 249391 号

策划编辑 宋江伟　　**责任编辑** 齐惠民　李小红
责任印制 梁　凡　　**责任校对** 刘瑞彩　　**责任发行** 董　倩

出版发行 中国财富出版社
社　　址 北京市丰台区南四环西路 188 号 5 区 20 楼　　**邮政编码** 100070
电　　话 010-52227588 转 2098（发行部）　　010-52227588 转 321（总编室）
010-52227588 转 100（读者服务部）　　010-52227588 转 305（质检部）
网　　址 http：//www.cfpress.com.cn
经　　销 新华书店
印　　刷 北京京都六环印刷厂
书　　号 ISBN 978-7-5047-6884-1/I・0301
开　　本 710mm×1000mm　1/16　　**版　　次** 2019 年 11 月第 1 版
印　　张 12.25　　**印　　次** 2019 年 11 月第 1 次印刷
字　　数 185 千字　　**定　　价** 48.00 元

做自己最想做的事，生活在自己喜爱的环境里，淡泊宁静、与世无争，这难道是糟蹋自己吗？与此相反，做一个著名的外科医生，年薪一万镑，娶一位美丽的妻子，就是成功吗？我想，这一切都取决于一个人如何看待生活的意义，取决于他认为对社会应尽什么义务，对自己有什么要求。

——毛姆《月亮和六便士》

大学是练习自由与学习高贵的地方

黄裕生

清华大学哲学系教授

尊敬的邱校长、尊敬的各位老师，在座的各位同学：

大家下午好！

这里，我首先要对新雅书院2016级的新生们表示欢迎和祝贺！祝贺你们成为2016年最幸运的高中毕业生，因为你们不仅迈进了清华校园，而且登上了清华的新雅学堂。

坐在这里，曾经是你们的目标。但是你们今天坐在这里，则是一个全新的开始。

在这个全新开始的时刻，我很高兴，也很荣幸有机会站在这里，以简短的发言参与你们的未来。

我已经给新雅书院的两届学生上过课。在第一次上课时，我都会先做两件事：一件是交代一下什么是通识教育；另一件是在这之前，向学生提一个关于吃饭的建议。今天，我就想从为什么提这个建议说起。

在食堂，在餐馆，我们经常可以看到，总有人吃饭时，咀嚼声四起，总有人就餐之后，饭桌上一片狼藉。这叫吃无其相。

在火车上，在电影院，甚至在一些庄重的场所，我们也经常会遇到，总有人自始至终都在不断地啃食着食物。这叫食无其时。

不管是吃无其相，还是食无其时，都叫吃相难看。

人之所以要吃有吃相，站有站样，就在于人不是一般的动物，而是高贵的动物。

我相信，你们都不存在吃相的问题；万一有，那也没有关系，从今天开始改善，从今天开始学习高贵。因为新雅书院是学习高贵的地方。

人是高贵的动物，所以需要大学。

大学之为大学，就在于它不仅是生产与传授一个时代最高深的知识的地方，而且是提供一个时代最具普遍性的思想的场所，是传达一个时代最伟大的精神的殿堂。大学之大，不在其学广而无所不包，而在其学通而无所不达。所以，大学之学首先就是“普遍之学”“通达之学”，大学教育首先应当就是“通识教育”。

我们的伟大先贤早已有言：“大学之道，在明明德，在亲民，在止于至善。”“大学”所要澄明的不是一时一地之德，而是普天之下的普遍之理；“大学”所追寻的至善不是一家一族一国之善，而是超越了血缘与国族的普遍之善。

人的伟大与高贵就在于，他能够超越一人一家一族的利益，去关切所有人的利益，去担当天下的普遍公义；能够跳出自己的立场去理解他人的立场，去拥抱他人的世界，去温暖所有人的心灵。

人类的这种伟大与高贵，是需要学习的，所以我们才需要“大学”。不过，在历史上，并不是所有地方所有民族都有这种“大学”。就古代而言，世界上只有四个民族有这样的“大学”，那就是古希腊、犹太、华夏与印度。他们在哲学上被称为“本原文化民族”。因为在这个变幻不定的世界里，他们最早洞见到了这个世界的绝对性本原；在充满差异与特殊的人类社会里，他们最早发现了超越血缘亲情、等级关系以及其他一切差异的普遍性法则，并因此最早自觉地去承担一个伟大使命，那就是在人类社会里贯彻和维护一系列普遍的底线原则。

对人类普遍性的自觉，对天下道义的担当，是人类“大学精神”的开始。正是这种“大学精神”使这四个古代民族具有感召和教化其他民族的伟大力量从而开启了世界史。

我非常赞同新雅书院甘阳院长的一个观点，就是今天的我们需要有“文化自觉的意识”。作为一个本原文化民族，我们的文化自觉，根本上就是对“大学精神”的自觉。所以，我们的文化自觉，不是要走向文化民族主义，恰恰是要重新走向对人类普遍性事业的自觉关切与自觉担当。

于我们这个时代而言，这种“大学精神”在根本上就是担当普遍真理与普遍自由的精神。

不管是一所大学，还是一个学者，如果他不全力以赴去追问大根大本的问题，如果他不全身心去追寻普遍真理与捍卫真理本身，那么，大学将丧其灵魂，学者将失其职责。

对于今天的大学来说，它还是学习自由、练习自由的地方。因为大学必须是可以试错的地方，因为没有真理不是在试错的过程中被找到。

大学也是可以质疑一切权威的地方，因为没有新的知识、新的思想不是在挑战权威的冒险中被发现。这并不是说，大学里没有权威，但是，大学里只有一种权威，那就是人人都可以质疑与挑战的权威。

大学甚至应当像伊甸园一样，在这里，所有人都像亚当、夏娃一样，可以对包括上帝在内的一切说“不”，因为一切新的生活、新的可能，都是从能够说“不”开始的。亚当、夏娃对上帝说“不”，开始了人类自我筹划、自我安排的全新生活；孔子对一切权力说“不”，开始了以“王道”驯服权力的千年努力。在大学里，你们通过对现实的不完善说“不”，对现有理论的不完备说“不”，你们将开始你们的批判性思维，开始你们的独立思考。

人天生是自由的，却并非天生就配享自由。因为自由需要学习，需要练习。

所谓学习自由，也就是追问自由、理解自由。通过学习艺术、人文，你们可以发现，人类可以有以多种方式去理解世界的自由，所以，世界是多维的；通过学习哲学，你们可以认识到，人类个体竟然有突破因果必然性的自由，所以，对人类才有应当不应当的问题，因而才有道德，才有责任，才有人性的光辉。

而所谓练习自由，也就是练习：你在行使自己的自由时，如何尊重他人与你同样的自由；你在为自己的观点辩护时，如何尊重和倾听别人与你不一样的观点。

人类因自由而有尊严，但是，尊严需要在学习自由中去自觉，你才会懂得，你的尊严是一种普遍的尊严，既不比别人多，也不比别人少。

人类也因自由而有法则，但是，法则需要在练习自由中去认识，你才会明白，所有正当的法则，都是相互约束与相互要求的普遍原则，而不是只约束别人却不约束你自己的恶法。

人类也因自由而有秩序，但是，秩序也需要在练习自由中去理解，你才会晓得，对你最有利最安全的秩序，不是允许你肆意妄为的秩序，恰恰是让所有人无法为所欲为的秩序。

实际上，我们每个人也因为自由而是孤独的。人生有四大事件，那就是生、老、病、死。这四大事件都只能由你自己去面对，自己去经受，自己去决断，无人能替代你一分一毫。人生的这种孤独还体现在我们在各种关键时刻实际上都是孤立无援的，因为最终抉择时，旁人都隐身退场，只有你自己的意志在场，只能由你自己的意志去决断。这也是为什么所有面临伟大抉择的人，都会有高处不胜寒之感。我们练习自由，就是练习如何承担起自己的孤独，练习如何有勇气独自面对一切抉择。

所以，大学的通识教育本质上就是一种学习自由、练习自由的教育。在学习自由中，人们懂得权威是可以挑战的，真理是可以试错的；在练习自由中，人们走向相互尊重与友爱，走向能独自面对抉择的独立，走向对人类普遍原则的维护与担当。简单说，走向人格独立的人，走向有勇气维护真理与道义的人，这也就是真正文明的人、高贵的人、世界的人。

如果说真理使我们明达，那么自由则使我们高贵。我相信在座的每位同学，四年之后，当你们离开新雅书院，走出清华校园时，你们既是一个明达的人，也是一个高贵的人。这高贵不是因为你的出身，不是因为你的地位，而是因为你学会了真正的自由，所以，你在珍惜自己的自由时，会珍惜所有人的自由；在看顾好自己的人生时，也会看顾好人类的普遍事业。

谢谢大家！

（本文为作者在清华大学新雅书院 2016 级新生开学典礼上的致辞）

有所学，有所成，有所爱，不做“空心人”

陈先发

著名诗人，新华社安徽分社总编辑

尊敬的焦扬书记、许宁生校长，尊敬的各位老师：

谢谢母校喊我回家，给了我这珍贵一刻。

亲爱的同学们：

祝贺你们从世界各地会聚于此，成为新一代复旦人。希望在你们身上。

今天凌晨五点多钟，我独自在校园走了很久，感受到一种特别而久违的宁静、肃穆。我知道这宁静和肃穆，在世上任何别的地方，都永不可被复制，它们封存于我心底，瞬间被这熟悉的一草一木激活了。站在3108教室前、在当年的七号楼如今的任重书院楼前，真是百感交集。二十世纪八十年代中期，物资相对匮乏，好友聚会也就在当年的干训餐厅请喝一杯酸奶而已。有时，我带着两块干面包一头扎进图书馆，深夜才会出来。但那些年复旦浓厚的理想主义氛围，一个穷学生心中的万丈豪情，穿透时光的铁幕，仍时常叩击我的内心。仿佛也是在警醒我，在一个人内心，真正不可消逝的，到底是些什么。钱穆先生曾说，对自己国家和民族的历史，对传统，应怀有温情和敬意。对我们的个人史，又何尝不是如此？离开复旦的近三十年中，每当我苦闷、矛盾、彷徨之时，复旦时期的无数细节，先生们给我的种种教诲便时时浮现。可以说，母校对我灵魂的滋养、对我内心的教育从未中断、从未停止，也永远不会终止。

同学们，你们生于二十一世纪初，是崭新的一代人。持续深入的改革开放，给中国社会带来了数千年未有的巨大进步，物质生活和人本身生存状态的丰富性、多样性哺育了你们。你们是在信息时代出生并成长起来的第一代人。整体上看，这一代人视野开阔，聪慧敏锐，自信而独立。

我的儿子是这一代人中的一个。我有个保持了十多年的习惯，在他读书和生活的每一个关键时刻，会写一句话送给他，让他去反复体味。在他赴国外读书时，我写了五个字送给他：不做“空心人”。

为什么有这么一句呢？我是在警示他，对这一代人高度信息化的生活方式，要保持足够清醒的审视和反省。

曾有一个你们的同龄人，这样对我描述他的状态：睡眠之外，时时刻刻在刷屏，明知绝大多数信息无聊无趣，甚至扭曲、有害，仍止不住地去刷。但越刷屏，就越有信息饥饿感。一旦手机离手，就会失魂落魄。信息的海量堆积不仅没有带来内心的充实，反而总觉得内心空荡荡的。

我知道这已经是个常态。这个时代对信息消费的依赖性，正在逼近一个危险的临界点。但真正让我担忧的，还不是这个。我发现，即使是面对难得一见、瑰丽雄奇的自然奇观，面对渴盼亲情的家中长辈，面对他人的痛苦遭遇，很多人表现出来的，却是一种无动于衷、一种超然的淡漠、一种对现实的疏离，甚至是麻木。高度的信息化，有着把这个星球每个角落的人都有效联通起来的神奇能力，但同时，它本质上也加剧了每个个体内心的“孤岛状态”。所以我告诫儿子：不要被物质和消息的过度消费“空心化”，成为“空心人”。

我当然不是在否认信息化对人类发展的澎湃推动力。这种推动力是无与伦比的，是无法被颠覆的。我在想，在高度信息化的生存中，人本身如何不沦为一种快速消费品。

越是在众声喧哗中，越需要一颗真正安静下来的心。越是快速变化的时代，越需要一颗真正慢下来的心。我期待同学们能够成为这样的自觉者。

世界上所有的美，都需要一种高度的专注和漫长时间的淬炼。读书、求知，当然更不例外。有过乡村生活经验的人知道，长得过快的树，是空心的，其材质不堪大用。在信息时代，整个社会“速生、速成”的心理惯性，事实上得到了强化。我期待同学们从这种强悍的惯性中挣脱出来。

在时代的屏幕上瞬间“自生自灭”的文字，越是浅陋粗鄙，就越需要有人能以“坐得十年冷板凳”的勇气，舍弃眼前之利、萤火之光，创造出能昭示一个时代良心和品质的精神产品，穿透这个时代流传下去。

越是有人觉得心里空荡荡的，就越需要另一群人懂得，应该往这种空荡荡中填补些什么。

越是有人不再确信什么，觉得“爱”“理想”“信仰”成了过时的、陈旧而虚张的概念，就越是需要另一群人把这些词，高高地举在头顶。对内心贫乏的人来说，这些词是空的；而对内心丰富的人来说，它们永远是有血有肉的，是新鲜的。

对大自然、对现实的变迁、对世间的悲欢离合，我们内心的触角都要敏感地、密切地去感受它们，催生清新的生命感，不必去过度转述网络上苍白的“二手人生经验”。只有这样，明确的信念才会产生，生命的内在热度才不致流失。

教育的根本要义是什么，今天在场的老师们远比我有权威来作出阐释。我对它有九个字的个人解读，叫：“有所学，有所成，有所爱”。同学们根据个人兴趣、能力结构和社会需求，选定了自己的专业，这是有所学。最终，在一些专门领域形成独到见解，有了贡献，成就了更好的自己，甚至成为独一无二的自己，这是有所成。这一步，在大师林立、治学传统根深蒂固的复旦，也是能做到的。

最困难也最要紧的是，要“有所爱”。一个人，对求知、求真理没有非同一般的执着，没有一种内心的灼热，没有百折不挠的坚忍，自然匹配不了一个“爱”字。没有固守社会良知正义、突破一己局限的家国情怀，自然也难以体察到这个境界。有所爱，意味着献身精神、一种信仰；意味着可能需要放弃很多，也需要有深刻的自省能力时时唤醒自己。

这一定是个长期的、艰苦的锤炼过程。在当今世界上，一些大学之所以伟大，是因为她的校园里，有更多的学生懂得：要把求知、求学上的怀疑精神，与对生命价值的确认和信仰的形成融为一体；把对科学的“冷眼”观察、冷静探索，与做人做事的古道热肠融为一体；把探求真理的坚韧不拔，与生活中怜小怜弱、恤残恤孤的生命柔情融为一体。只有这样一颗“有所爱”的心，才不会空掉；我们才不致沦为一个“空心人”。

在这里，我还要把与英国小说家毛姆的名作《月亮与六便士》有关的两句话，送给同学们。

一句话是“遍地都是六便士，他却抬头看月亮”。这句话的意思是，人要克制对唾手可得的实际利益的诱惑，要有一种超越性的、更宽阔的眼界。有时候，抬头看月亮，是多么奢侈的一件事啊，因为利益的羁绊，不是那么容易破掉的，尤其是生活在承受重负之时。另一句话是：“我用尽了毕生的力气，只是抵达了生活的平凡。”这句话中包含的力量，正好与前一句形成互补。平凡，是每个人都想着要去突破的。但平凡的真味、深味，又恰恰是在人生绚烂至极、归于平淡之后。人光有超越的一面是远远不够的，还要有从平凡中汲取智慧的能力，也要有一种自知平凡的谦卑。

同学们，四年之后，当你们从复旦毕业之时，一定会有某种强大的心灵共性，在你们和我之间形成。也唯有如此，一所伟大学校特有的精神气质才会永恒地存在。

谢谢大家。愿每一位同学都有美好的前程。

（本文为作者在复旦大学 2018 级新生开学典礼上的致辞）

CONTENTS 目录

第一部分
大学是人生的放大器

第二部分

认识世界，从认识自己开始

第三部分

遍地都是六便士，他却抬头看月亮

附　录

第一部分

大学是人生的放大器

愿中国青年都摆脱冷气，只是向上走，不必听自暴自弃者流的话。能做事的做事，能发声的发声。有一分热，发一分光。就令萤火一般，也可以在黑暗里发一点光，不必等候炬火。

此后如竟没有炬火：我便是唯一的光。

——鲁迅《热风·随感录四十一》

大学是人生的放大器

李言荣

四川大学校长

同学们、老师们、家长朋友们：

大家好！

今天，我们隆重举行 2019 级新生开学典礼，共同欢迎来自全国各地的 9019 名本科生成为四川大学的新成员。在这里，我代表学校向以优异成绩考入川大的各位新同学表示热烈的欢迎！向家长朋友们表示衷心的感谢！

今年夏天，我和建国书记都到本科招生现场去看了同学们的录取情况，我们看到同学们不仅学业成绩好，而且兴趣爱好多样，都很高兴。比如，来自云南的庄颜嘉同学就“能文能武”，不仅以接近 690 分的高分考上了华西口腔，更是国家游泳一级运动员，在全国体育联赛中屡获金牌；来自山东的王双文、王双成同学是一对双胞胎，这两姐妹分别被临床八年和口腔八年录取，听说之前有人劝她们选择其他学校和专业，而这对心意相通的姐妹花却早已心仪川大，她们不仅学业好，而且都喜欢音乐，古筝都过了十级，前几天我还见到了她俩，非常的阳光；来自四川的马宇驰同学是一个在文学与艺术方面都小有造诣的“文艺青年”，他是川大在四川录取的文科第二名，听说他在当地还是一个小有名气的吉他手，在各种音乐节上经常受到粉丝们的“追捧”。同学们，我们为川大能够招收到你们这样有才华、有追求的同学而感到自豪。得天下英才而育之，是川大的荣幸；育天下英才而成之，是川大的责任。

前两天在新生报到现场，在与家长和同学们聊天时，听同学们讲对大学四年的期待，大多说要继续深造以掌握更多更前沿的本领。有的说要到国外好大学去交流访学尽快开阔眼界；有的说要报名参加学校的各种社团以锻炼自己的沟通表达和组织能力；有的还说要找到健身之友以便强健体魄、拓展志趣，等等，这些都非常好。同学们，当前你们正处在世界百年未有之大变局和中华民族伟大复兴的历史机遇期，你们这代人肩负着未来二三十年要代表中国走到世界舞台中央去表演、去引领的使命，所以，希望大家一定要志存高远、追求卓越，胸怀天下、超越自我。按照习总书记在今年纪念五四运动 100 周年大会上对青年人提出的要树立远大理想、热爱伟大祖国、担当时代责任、勇于砥砺奋斗、练就过硬本领、锤炼品德修为六个方面来要求自己，做一个有理想、有抱负的时代新人。

同学们，川大建校 123 年来一共培养了 70 多万名各类优秀人才，校友们为国家、为社会做出了很多重要的贡献。作为学校，我们也在不断分析总结，究竟哪一个阶段对同学们的一生影响最大、放大效应最为显著，最后大家比较一致的看法还是大学本科四年最为关键，因为大学放大了你的视野、放大了你的优秀程度、放大了你的创新创造能力。这就是今天我要给同学们讲的主题：大学是人生的放大器。

首先是关于视野和眼界的放大。同学们，当我们看到的世界大了，就能更加宽容和坦荡、更加厚道和善良、更加接受不同和尊重差异。一般来说，一个人视野的广度决定了他优秀的程度，大学时期是开阔视野的最佳时机，同学们要尽可能地多打开些视野，尤其是国际视野。同学们，这几年学校做得非常有影响的 UIP（实践与国际课程周）和这两年开始的“大川视界”，就是专门为同学们打开国际视野搭建的平台。人们常说，你的视野有多大，你的胸怀就有多大，你的格局就有多大。当一个人站在山顶时你可能看到前面是一片海洋，而当你只爬到半山腰时看到的可能是满目荒凉；当一个人站在山巅上鸟瞰地面时真是心高气爽、一目了然，恨不得吟诗一首，而当你被困在山脚下仰望山峰时犹如雾里看花、满腹疑虑，甚至垂头丧气。所以，一个人只要眼界开了，视野广了，他不仅可以往深处走，也可以向宽处行，甚至还敢游走于交叉跨界的边缘上。前不久，电影《哪吒》火遍了大江南北，但很难想象这么优秀的一部动画电影的编剧兼导演其实并不是学动画出身的，而是我们华西药学院 2003 届的毕业生杨宇学长。据说他在读本科时，就发现了自己对动画的爱好，尤其是在校园里他偶然遇到了一名其他专业的同学，那个人无私地给他介绍了当时正在兴起的三维动画软件，使他了解到原来漫画还可以从纸上走向电脑甚至是大银幕，从那以后他就决定了要为动画创作毕其一生。其实，同学们，每个人都是一块瑰宝，只有当你打开了视野才能够发现自己原来还有这么多种可能。

第二是优秀程度的放大。大家知道人是一种群居动物，尤其在少年向青年转变过程中特别需要群居生活在一起，这与大部分时间都在发呆的独居动物完全不同。百度搜索中讲，群居动物是指以群体为生活方式，在生活中无论进食、睡觉、迁徙等行为都以集体为单位，彼此间相互关照、相互协作的动物。所以，作为人我们很容易受环境所左右、受人群所暗示。同学们来自五湖四海，南腔北调地会聚在一起，一旦走进了同一所大学，一般说来大家学业的优秀程度就是差不多的，但是每个人身上都还有一些各自隐性的优秀品质，这样的人群聚集在一起，一是使你逐渐认识到了真实的自己，你会发现有人比你更优秀，你也会遇到有人还不如你，所以你不再狂妄自大，也不再妄自菲薄，一般要迅速安静下来，悄悄发力，尽快向优秀看齐。比如，今年刚刚毕业的匹兹堡学院第一届本科毕业生中就有一个“江安 401 学霸寝室”，宿舍里的 11 个工科女全部继续深造，其中 10 个被加州伯克利、密歇根大学等国外一流大学录取。二是同学间的反差越大，不管穷的富的、城市的乡下的、男的女的，甚至是不同肤色的人在一起，越能相互激励、相互欣赏、相互学习，这可能会让你拥有更加广阔的胸襟，也可能会让你想明白很多人生的道理，也许你还会静下心来想想生命和世界是什么的哲学问题。

同学们在一个好大学里，不是说老师都有多牛，同学们有多聪明绝顶，硬件条件有什么不得了，关键是有一种弥漫在整个校园里、每一个角落中、人人都努力上进的氛围和精益求精做好每一件事的标准。比如假期中图书馆、教室、实验室依然灯火通明，平时上课课间在各个教室穿梭奔忙着的人，一旦坐下来又都是那么地专注于学习，或参加各种社会活动，或积极准备着各类竞赛。谈起自己的每一天，同学们都是特别兴奋、特别开心、特别期待的样子，消耗完一天的所有精力之后一回到寝室便倒头大睡，但第二天他们又神采奕奕地出现在各种场合。好大学的学生总结起来就是几个字：越优秀、越上进，越成功、越努力！只要你在这样一种环境下成长，以这样一种标准来要求自己，这个标准就会悄悄地、一点一点地渗进你们的血液中，并升华为一种做人的标准，从而影响你们的一生，甚至会影响到你们家庭上下几代人。所以，在好大学里，同学们的学科、专业、兴趣可能会有差异，但优秀没有差异！

同学们可能知道，今年夏天，一张包括了喜马拉雅山脉近千座山峰的“全家福”在网上走红，点击量超过 2000 万。而拍下这张让人震撼的雪山全景的并不是专业的人员，而是我们机械学院的曾科校友。虽然拍摄雪山只是他工作之余的兴趣爱好，但他却坚持了差不多 20 年，每年的假期全部“泡”在了山里，几乎徒步把 2400 多公里长的喜马拉雅山脉拍了个遍。去年在拍摄世界第二高峰乔戈里峰时他还遭遇了山体滑坡险些遇难，但这些都没有让他放弃给这座世界屋脊出本画册的心愿。其实，人类从远古时代一路走来所取得的每一点进步，不就是由一个个敢于挑战极限、不断扩大人类认知边界的仁人志士的可歌可泣的故事所构成的吗？

第三是创新、创造能力的放大。同学们，人从本质上来说都是有创造发明的基因的，与其他动物相比，人最可贵的就是有不断进取的愿望和智慧，并且不断地挑战自己的极限。而大学就是一个让年轻人充分展示、尽情释放、激烈碰撞各种奇思妙想的集散地，可以说大学是创新的源头、是 0→1 原创知识的基地。大学校园由于学术思想的自由使得每个角落都弥漫着创新的精神和创新的意识，新概念、新理论、新方法、新技术、新设计、新发明层出不穷。大学不是制造科技产品的地方，更不是去追逐时尚潮流的地方，大学主要是关心未来，关注未来一二十年，甚至二三十年后社会会怎么样、科技会怎么样。大家可能知道，世界上诺贝尔奖的获得者有百分之七八十都来自大学，每年我国国家科技奖的获得者有百分之七八十也来自大学。其实大学的硬件条件一般都不及更加专业化的科研机构，但是大学自由的学术空气、多学科交叉的优势，再加上充满好奇心的你们无知无畏的提问与学校高水平教师的相互碰撞产生出的火花，使得大学总是站在时代的潮头——永不落伍，总是在引领一个个时尚的风口——永远向前，总是在下一个浪潮还没有抬头之前就让自己的学生及时地跟进去——而成为时代的弄潮儿。因此，大学最美的风景是老师和学生在教室里自由讨论，师生们围在实验仪器旁共同观察求证，教授在办公室的小黑板前和学生你一笔我一画地推导公式和修改论文，各种社团的同学在草坪上席地而坐交流着创新的方案……所以说大学让人的创新精神和创造意识得到了最大化的释放。

同学们，我们每个人的人生道路都充满了未知和可能，你的视野会影响你能走多远，你的优秀程度会影响你能走多高，你的创新、创造能力决定了你对社会的价值和贡献大小，而你的健康和兴趣爱好则会影响你这一路是否快乐幸福。所以，希望同学们在大学四年里除了继续好好学习，不断拓展自己的知识边界以外，还应该尽情地放大自己的视野、放大自己的优秀、放大自己的创造能力，让大学真正成为你们人生中最重要的放大器。

最后，再次感谢同学们选择了四川大学！祝福你们！

（本文为作者在四川大学2019级本科新生开学典礼上的致辞）

待人以诚，有怀疑和探索的精神，亲历亲证而有信

陈引驰

复旦大学中文系主任

非常高兴，今天是 2019 级复旦中文系的新生大会，首先当然是祝贺各位同学，欢迎你们在 2019 年 9 月，新的学期、新的学年来到复旦中文系。

进入复旦中文系，大家会主要面对两个主题，一个是生活，另一个是学业，或者说是学术。这两个方面我想都是非常重要的，而两方面也有个此消彼长的关系。对于本科生来讲，我个人一直有一个可能不太正确的看法，就是生活是第一位的，是最重要的，在某种意义上比学业更重要，因为在本科阶段你们要找到自己生活的方向。本科生才十八九岁，第一次来复旦，对周遭实际上是非常陌生的，有时候也缺乏对自己的了解。你们最重要的任务就是在接下来的几年里，在复旦，在中文系，能够找到自己，知道什么是对自己最合适的。之后随着学习阶段的提升，到硕士、博士阶段，你们学术的部分就会越来越重要。对本科学生来说，学业是生活的一个部分；对研究生来讲，特别是博士生，有很大的可能，生活就是以学术为中心了。

所以，在不同阶段，复旦中文系的同学，会有不同的重点。我认为，随着层级的提升，从本科到硕士到博士，你们的生活和学术之间会有一个此消彼长的关系。这是我个人的一个想法，供大家参考。

接下来我有几点建议。

你们来到一个新的环境，绝大部分的同学互相之间是陌生的。人和人之间的相处是每个人都要面临的很重要的课题，我希望你们互相之间要有一个包容和开放的心胸，要能以诚待人。我去年过世的老父亲与我关系非常好，我对他非常有感情。回过头去想，他大概有两三句话对我来讲很重要，其中有一句是当年我要到复旦来读书了，他对我讲的：要尽量与人为善。对我个人来讲这是非常有意义的一句话。我们要相信，这个世界上虽然必定有坏人，但还是尽量要相信人是好人，要与人为善。每个人身上都会有缺点，一定要说别人不好，这是非常容易的。我比较反对所谓的短板理论，每个人都有弱点，但是大家在一起最重要的是要互补。知道短板的存在，最重要的不是只去看到别人的缺点，而是看到短板后去互相补足。人和人相处要用包容开放的心胸对待彼此，然后协同把一件事情做好，这非常重要。希望我们的同学之间是一种相互协助而不是相互踩踏的观念。我希望大家考虑，这个世界最重要的是要合作，互相之间要协调，要待人以诚，要宽容，要理解，要包容。

讲了人和人的相处，对于你们的学业学术，我想说，你们到这里来，当然要学很多知识，尤其从中学到大学的过渡，其实有一个非常非常大的变化，随后你们从本科到研究生，也是一样，“信”和“疑”之间也有一个此消彼长的关系。越是走到学术的前沿，越是有高深的学术追求，“怀疑”的精神就越是不可或缺。一定要有疑，如果人越学越信，我想就会有问题，而且问题比较大。因为学到最终，我们实际上要面对的是一个未知的世界，会有很多不确定的知识。99% 的人都相信的一个绝对正确的道理，我们都不妨要有怀疑，然后才能够真正走到学术前沿去，才能真正创造属于自己的知识学问，这样才能为大家、为未来的学术界，甚至为整个人类提供一些属于自己的贡献。如果没有怀疑，没有越来越多的怀疑，这会是很可怜的，也不可能会有很高的成就。胡适曾经讲过两句话：“做学问要在不疑处有疑，待人要在有疑处不疑。”这后一句话我觉得可以和我前面说的相呼应，是说人和人相处，如果觉得对方可能是个坏人，会背后算计自己，那先不要这么想，不妨等被他给虐惨了，然后再认定这是个坏人；前一句呢，我认为是指对待学问，要在大家都认为没有疑问的地方，更勇敢地去怀疑。

但我接着还要讲的是：怀疑，不是什么都没有了，我们还是要有“信”。一个人只有怀疑肯定是不行的，还需要“信”。“信”是什么？就是信你所信的东西。信你所信的是从什么地方来？那当然有很多是你被告知的东西，比如，我未来有幸给大家上课的话，我告诉你这件事情是这样的，那件事是那样的——我当然希望你们都相信。但是，我更希望你们不仅仅是因为听我说就相信，而是因为自己的经验而信。以前我常谈一定要去亲历亲证，重要的事情尤其得自己亲身去体会、去验证——几年前致辞讲到这一点的时候，我甚至引用了王菲的《歌执迷不悔》。

总结一下，我希望大家要待人以诚，要有怀疑和探索的精神，然后通过亲历、亲证进而建立自己的“信”。我自以为这些对于大家的生活、学业来说都是有益处的，虽然可能都属于老生常谈，但我还是说出来，供大家参考或批评。

最后再次对大家能够来到复旦中文系表示欢迎和祝贺。

（本文为作者在复旦大学中文系 2019 级新生大会上的致辞）

抄前贤语录，赠大学新生

傅　杰

复旦大学中文系教授

欢迎、祝福与期望的话刚才系主任陈引驰老师都说了。作为教师代表，我借这个机会，抄几段前贤的语录送给各位同学。

第一段话是晚清名臣左宗棠说的。今天是 9 月 5 日，正是他辞世 134 周年的日子。左宗棠以政治家、军事家著称，也是有学问的人——除了皇亲国戚，那时候很多大官真的是学问大了官才大的。左宗棠教子很严，曾因儿子身为高干子弟却不如平民子弟用功对其痛加申斥。他还教导说：

> 人生读书得力只有数年。十六以前知识未开，二十五六以后人事渐杂。此数年中放过，则无成矣。勉之！

十六岁到二十五六岁，这个年纪大致相当于现在的从上高中开始，到硕士研究生毕业。我觉得他这个年龄段划得很有道理：一般人高中之前还有点童蒙未开，而二十五六岁之后，既要忙于应付工作，又要准备结婚育儿事宜，除了继续深造的博士生，大抵终身都不会有这样集中时间集中精力读书的机会了。这是我以前上课常抄给你们师兄、师姐的话，也想请在座的新同学从一进校门就铭记不忘。

第二段话是大教育家蔡元培说的。1917 年 1 月 9 日，刚任北京大学校长的蔡元培主持开学典礼，发表演说，要求学生抱定求学宗旨：

> 诸君肄业于此，或三年，或四年，时间不为不多，苟能爱惜分阴，孜孜求学，则其造诣，容有底止。若徒志在做官发财，宗旨既乖，趋向自异。平时则放荡冶游，考试则熟读讲义，不问学问之有无，惟争分数之多寡；试验既终，书籍束之高阁，毫不过问，敷衍三四年，潦草塞责，文凭到手，即可借此活动于社会，岂非与求学初衷大相背驰乎？光阴虚度，学问毫无，是自误也。且辛亥之役，吾人之所以革命，因清廷官吏之腐败。即在今日，吾人对于当轴多不满意，亦以其道德沦丧。今诸君苟不于此时植其基，勤其学，则将来万一因生计所迫，出而任事，担任讲席，则必贻误学生；置身政界，则必贻误国家。是误人也。误己误人，又岂本心所愿乎？故宗旨不可以不正大。

他说到的“试验”就是考试的意思。这位革命元老眼见“风俗日偷，道德沦丧，北京社会，尤为恶劣，败德毁行之事，触目皆是，非根基深固，鲜不为流俗所染”，所以特别强调大学生要植基勤学，不要“同乎流俗，合乎污世”，不择手段、没有底线地一心只想求官求财。时隔一百多年，他的慷慨陈词依然掷地有声。

第三段话是著名学者艾伦·布鲁姆说的。布鲁姆生前是芝加哥大学教授，国内翻译了他不止一部著作。他的 *The closing of the American Mind* 还出了不止一个中译本，有的译为《走向封闭的美国精神》，有的译为《美国精神的封闭》。在这部 1987 年出版的由他的同事、诺贝尔文学奖获得者索尔·贝娄作序的书里，他宣称自己“试图努力教给学生一些偏见”，力倡学生学习经典名著，以激扬理想、充实心灵、完善人性。他动情地写道：

> 对一个初次离开家门、踏上通才教育征程的青少年来说，今天一所一流高校会给他怎样的印象？他有四年的自由时光去发现自己——他步入了一个过渡的空间，前有被他抛在身后的知识荒漠，后有获得学位之后等着他的乏味的专业训练。在短短四年中，他必须了解在他以往所熟悉的小天地之外还存在着一个更广阔的大世界，他要学会领略其中的乐趣，学会汲取足够的营养，以支撑自己去征服那片注定得穿越的知识荒漠。只要他希望拥有更高尚的生活，他就必须这样去做。如果他做出了这样的选择，当他能够成为自己所希望的人，当他能有机会审视多种选择，而非仅仅限于那些当下流行的东西或职业发展所需要的东西，那么大学生活就会令人心醉神迷。

这是一位一流大学名教授理想中的大学生活图景。他特意提到两点，一是不要只关注职业发展所需要的东西，二是不要只关注当下流行的东西。职业所需要的东西当然是要关注的，但只关注职业所需要的东西，大学就成了技校。当下流行的东西未必是不好的，前人留下来的东西也未必都是好的，但毕竟经过历史淘洗的东西更有可能代表人类精神文明的水平，因而也更有可能让我们得到更多更好的教益。比如，一个读过“二十四史”、《资治通鉴》的人，也许对现实的认识要比只读报纸、只看电视的人更准确、更深刻，更不易被时尚所裹挟、所操控；而托尔斯泰的《战争与和平》《复活》与雨果的《悲惨世界》《九三年》，我相信也一定会比你所能接触到的各种身份的人生导师教给你更丰满、更立体的是非善恶观念。

现在我要引出带有总结性的第四段话了，这是伟大的歌德在跟艾克曼谈话时说的：

要在世界上划出一个时代，要有两个众所周知的条件：第一要有一副好头脑，其次要继承一份巨大的遗产。

我相信，能考上复旦大学中文系的同学，都有一副好头脑。善待并保护好你的好头脑，不要自己把自己的好头脑搞坏，也不要让别人把你的好头脑搞坏，然后用你的好头脑刻苦自励，博览群书，继承光辉灿烂的人类文明遗产，从而进一步丰富你的好头脑，这应该就是你们大学时代的使命。年轻真好，今年距我进大学正好四十周年，作为年近花甲的老人，我对你们充满了羡慕。老人总会成为过去时，世界是你们的。在两年前中文系的毕业典礼上，陈引驰老师说："你界定自己就是界定你自己的道路，甚至有可能是界定中国的未来，而且在某种程度上决定这个世界会是怎么样的。"祝愿每一位同学都能在接下来的大学岁月里培育尽可能健全的心智，具备尽可能深厚的学养，不辜负现在你们靠自己的聪明才智赢来的学习机会，不辜负未来必将属于你们的时代！

谢谢大家！

（本文为作者在复旦大学中文系 2019 级迎新会上的致辞）

协和的气质和精神

王　辰

北京协和医学院院校长

今天，又一批新同学来到了北京协和医学院。协和医学院是中国乃至世界卓有影响的医学院校。一所学校之所以能具备某种特质，独一无二，很难被模仿，核心在于其文化和精神。因为有这种文化和精神，这所学校的老师、学生身上也会体现出某种气质。我一直关注和努力领悟协和的文化和精神，但始终感觉对协和的文化、精神很难有确切的诠释和贴切的表达。值同学们初入协和之际，与大家一起思考什么是协和的文化和精神。

协和前辈：以身昭示何为协和精神

首先，讲几个协和人的故事。

顾方舟先生 我们的老院校长，国际著名医学家、病毒学家，我国消灭脊髓灰质炎（简称“脊灰”，俗称“小儿麻痹症”）元勋，世界控制脊灰的关键贡献者之一。作为我国脊灰疫苗研发生产的拓荒者、科技攻关的先驱者、攻克脊灰方案的谋划者和杰出的战略科学家，他引领我国脊灰病毒学、免疫学研究及减毒活疫苗的研发，为脊灰疫苗的研发生产、国家政策的制定、社会资源的调度、计划免疫的具体实施等每个环节都做出了不可磨灭的贡献，被誉为“中国脊髓灰质炎疫苗之父”“中国防控脊灰第一人”。他研发的脊灰疫苗“糖丸”给新中国儿童留下了甜美的童年记忆，维护了几代中国人的生命健康，使中国进入无脊灰时代。他的一生，是“人生为一大事来，做一大事去”的至真写照。“糖丸爷爷”这一广为流传的暖人称谓，表达了人们对顾方舟先生发自内心的深情褒誉和感恩。

顾先生在研发脊灰疫苗中，除了科技上的杰出贡献外，有两件事极为令人称道和感动。第一件，甘冒个人风险，为国担当，选择减毒活疫苗免疫策略。当时，死病毒疫苗的成本几乎是减毒活疫苗的近百倍，且免疫效价低，但是安全；减毒活疫苗成本低，免疫原性高，免疫人群保护效果好，还能在服用后排出到外界环境，间接对未接种疫苗的人群形成保护，容易形成人群的免疫屏障，但是，有可能在个例出现严重的活疫苗相关反应，甚至严重残疾。顾先生因应于当时小儿麻痹症的严重疫情及中国贫穷的国情，勇担个人风险，坚定地建议和推行减毒活疫苗免疫策略。要知道，提这种建议和明确的个人意见，需要签字和承担责任，倘若没有为国为民担当的精神是不可能做出的。事实证明，这是中国一个绝佳的免疫策略，成效卓著。第二件事，当研制的减毒活疫苗要做人体试验以证实其犹未可知的安全性时，顾先生自己率先服用疫苗。不但如此，让人至今动容的是，他又抱起自己 1 岁的儿子吃下了第一颗糖丸疫苗，之后掩面而泣。这样的一种担当和奉献，就是协和精神，是协和精神中最本质的部分，是中国知识分子精神最充分的体现。

林巧稚大夫 大家熟悉的“万婴之母”，协和的另一位在医学上登峰造极者。她同时又是极富人性和高贵、慈善品质的人。不用说她救治了多少妇女，接生了多少孩子，当免疫学家谢少文先生在“文革”中被打倒，罚去扫地时，她悄悄递给他一个装了钱的信封，上面用英文写着“这不是钱，是友谊”。人性的温暖真实地被协和人传递，无论环境如何冰冷严酷。

宋鸿钊教授 针对当时科学上被认为是难以治愈甚或完全不可治的肿瘤，顶着重重压力和打击，发明了对绒癌的根治疗法，在世界医学史上写下了历史性的一笔。

协和史上，无数贤达，为国为民竞折腰。高山仰止，景行行止。

协和精神：质朴中的高贵气质

协和精神和文化到底是一种什么样的存在？从刚才提到的前辈们身上可以感受到，但是难以总结，因为每个人都有每个人的特点，每个群体有每个群体的特质。协和精神，以无以名状的氛围，真实地存在于这个大院里。

何为文化？文化是一个人或群体运行的软件，以价值观为其核心导向。文化看似无形，如同空气，至虚而至实，决定生死优劣。如何描述协和的文化和精神？确实很难，与大家分享几点我的体会。

协和人在质朴中见其高贵。典型的协和人非常质朴，没有那么多的喧哗和咋呼，甚至有点儿“土”，但只要有眼力，可见其质朴中显现的内在高贵。

协和人平和与尖锐并存。平和使他们似乎与世无争，没有浮躁和斤斤计较，但是在对问题的见解上，在对医学前沿的把握上，在对是非的判断上，常常很敏锐和尖锐。对于立场，又是如此地坚持。

协和人温润与凛然不悖。温润是一种平和，是一种待人的态度、对人的关怀。同时，在碰到一些涉及原则的事情时又很凛然。比如钟惠澜先生，在当年大力推行苏联的“组织包埋”疗法时，他挺身给予了正直的科学评论。对于社会和学术界的不良风气，钟先生表现出了知识分子的风骨。

协和是一个淡定的地方，也是一个激越的地方。

协和是一个雍容的地方，也是一个迅捷的地方。

换个角度，概要性地表述，协和人身上秉承着中国传统文化所倡导的君子之道。像阴和阳一样，一面是质朴、平和、温润、淡定、雍容，另一面是高贵、尖锐、凛然、激越、迅捷，两相并存于协和人身上。其中，我感悟最深的特质是质朴中所承载的高贵。

大家在协和，首先要学会什么叫朴实、平和、淡定。不可以那么功利，不可以那么浮躁，不可以不读书，不可以不看病人，不可以不认真思考，不可以随波逐流，不可以没有自己的信念和执守、是非和立场。这些“戒律”，是协和对同学们的一点要求。

自今日始，大家慢慢地去体会，慢慢地去学习、感悟，并且逐渐将协和精神内化于心、外化于行，做真正的协和人。

协和校训：“科学济人道”，校风如何凝练？

毛泽东题写的湖南第一师范学院的校训是“要做人民的先生，先做人民的学生”，徐特立题写的校风是“实事求是，不自以为是”。清华大学的校训是“自强不息，厚德载物”，校风是“行胜于言”。协和的校训是“科学济人道”，那校风该如何表述？这种表述应当充分地体现出协和的精神文化，堪与概括协和的思想与行为准则。这是协和文化建设的核心内容，老师们、同学们应当积极思考和凝练。

协和：修炼自我，以天下为己任

《礼记·大学》中讲：“古之欲明明德于天下者，先治其国；欲治其国者，先齐其家；欲齐其家者，先修其身；欲修其身者，先正其心；欲正其心者，先诚其意；欲诚其意者，先致其知；致知在格物，物格而后知至，知至而后意诚，意诚而后心正，心正而后身修，身修而后家齐，家齐而后国治，国治而后天下平。”概而为“格物致知，诚意正心，修身，齐家，治国，平天下”。这是中国对知识分子的要求，亦适于协和。

协和医生的三个特质：自省，专注，悲悯

关于协和的医生，有三方面的精神特质，大家可能听说过。

第一，自省。无论是做临床、做研究，还是与人打交道时，都深存慎独、自省之心，善于检省自身，不自以为是。自省是协和人的一大特点。

第二，专注。做事情，尤其做重要的事情，特别是面对病人，要心无旁骛、极为专注地把头脑、精力和时间投入这件事情上。看病人的时候，应该静心屏气、细致观察、专注思考，不可心生杂念、糊弄了之。由于我们所从事的是医学，最不容错，认真、投入与否关乎患者性命。专注，应当是医生学习和从业时必有的态度，进而成为特质。

第三，悲悯，或慈悲。这是为医者的人性特质，是根植于内心深处的对病人、社会、人类的关爱，是专注、自省的根源与动机。

协和：科学医学的诞生地和擎旗手

协和是科学医学的诞生地和擎旗手，这就是协和在中国医学界的定位。1917年，协和真正秉承了当代医学，举起了一面重要的、最能指引医学正确前进道路的旗帜，这面旗帜上写着“科学医学”，即“Scientific Medicine”。大家知道，医学从古代的神灵主义医学模式开始，发展到现在融合了生物、心理、社会、环境因素的生物—心理—社会—环境医学模式，科学构成了医学的主旨部分，是医学的主流和基础。实际上，协和早期历史的发端甚至可以推至19世纪，至少可以从1906年的协和医学堂算起。但是，协和自信地将举起“科学医学”旗帜的协和医学院的创办年——1917年定为协和的起始年，就是为了标示科学医学自此昭彰，并进入中国。所以，协和不刻意求其历史有多长，真正重要的是它在中国科学医学发展史乃至世界科学医学发展史上的地位。

科学精神是协和精神的主旨和基础。

协和：肇启中国“4+4”医学教育模式，倡行医学之多学科文化

除科学和技术外，医学也大量融合了艺术、人文学科、社会科学的内容，所

以，医学是综合的学科，是多学。协和自2018年始，启动广纳文、理、工等各科优秀本科生学医从医的“4+4”学制医学教育，把医学教育定位在多学科的本科教育之上，作为研究生教育。如此，已经有多学科背景的学生能够聚多学科之知识、技能、思维方法，即聚多学科之“灵气”于医学，将多学科的“DNA”注入医学，在未来获得表达。

由此，从体系机制上为协和文化注入了多学科属性。

协和：不逐功利而建功业，不混江湖而打江山

当社会上浮躁、功利之风较为盛行之时，协和应当自持，不逐功利而建功业；当社会上、学术界有点儿“混江湖”的时候，协和应当自守，不混江湖而打江山。这就是协和与众不同的地方。协和应当意识到自己对中国医学界的责任担当：协和高贵则中国医学界高贵。协和背负着中国医学界的希望和方向。协和如果卑下，中国医学界就开始卑下。

身为协和人，要让协和高贵的精神含义在我们身上得到表达和诠释。

心存使命和责任者，其行为自会卓然于众

每个协和人，都应当心怀使命，都应当知道身负重任。一个人一旦有了真正强烈的使命感和责任感时，这个人的状态就会不一样，其思维方法和行为模式就会不一样。林巧稚曾在考场上中断考试去照顾晕倒的同学，考试的结果可想而知，但协和医学院反过来找到她说：“你被学校录取了，因为在你身上拥有医生最应具备的素养和品行。”当今社会上所存在的一个迫切需要改变的状况就是医务界、医学界，这个至为崇高的行业被置于不甚崇高的地位。这种异化不应长久。这时候特别需要有一批人，能够真正替医学界和医务界举起一面高尚的旗帜。这些人非协和人莫属。同学们谨记，内心的使命与责任会使人的行为卓然于众。

协和精神是一种医学精神，一种专业精神，一种职业执守。协和精神绝不仅仅属于协和医学院，而是属于全中国的医务界，属于中国的知识界。

协和精神是一种存在，更是一种昭示、一个符号，是一种被大家赋予了很多美好的附着体。我实在是很难描述清晰协和精神，我问过很多院校领导、老师们，什么是真正的协和精神，每个人都有各自角度的描述和解释。今天，你们走进学校，也逐渐会有自己的理解。

能走进协和的孩子们，都是些天分比较高的孩子。在你们的脑海里，一定会诠释、丰满到底什么是协和精神。协和精神是一种医学精神，一种专业精神，一种职业执守。协和精神也绝不仅仅属于协和医学院，而是属于全中国的医务界，属于中国的知识界。协和医学院的人没有任何理由对协和之外的人心存一点所谓“唯我独尊”的感觉，协和人恰恰是与整个中国医务界融为一体的，是他们中的一员，是他们中的思考者、担当者、吃苦者，协和人应当有的是更高的追求，要准备付出更多的代价乃至经受苦难。

协和精神不能消退，但确有消退之虞，这是我们面临的问题。未必所有协和的成员都是高贵的，我们每个人身上也都有很多人性的弱点、缺点。我们能不能通过修炼，褪去一些庸俗的东西，多一些高贵的东西？协和精神需要动态发展，需要大家去丰满和光大，并开启新的协和精神。

协和已经经历了许多代人的传承，一代人有一代人的世界环境、国家环境、社会环境、行业环境。在具体的环境中，我们是不是能够始终代表医学界前进的方向？坦率地说，当今的医学教育是在褪去了职业之灿烂光环的情形下勉力进行的，这尤其需要我们的老师和同学们有一种超乎一般的精神信仰和执守。协和之所以成其为协和，之所以很难被复制，就在于协和有着一种内在的力量。

同学们，你们身处协和，会受到协和的熏陶和浸染，享受到促进你们发展的机会和环境。你们会遇到高尚者，也会遇到一些卑下者，这就是当代真实的协和，真实的环境，真实的社会。

协和八年制的校友常青写了一本《协和医事》，表达了她对协和的观察和感悟，今天赠送给新同学们阅读。

协和作为一个有独特的文化标识意义、代表着中国医学界价值取向和方向、众所寄予厚望的医学院校，今天为你们敞开了它的大门。协和对大家的要求是：希望如协和历史上之大家迭出，你们中间产生一些有思想者，一些有操守者，一些能够切实推动医学发展者。你们要做好吃苦的准备，从历练中成就高贵。老师们会努力做好你们的榜样。

此地，九号院，是中国医学界的精神附着地，是你们学业和事业的出发点、驿站和思考之所。此刻，是你们学业、事业、人生一个重要的开始，希望大家珍重、思考、努力。

（本文为作者在2019年北京协和医学院开学典礼上的致辞）

致“00后”们——你们火热的理想不要止于大一

刘守英

中国人民大学经济学院党委书记兼院长

可爱的220名本科生、成长着的202名硕士生和即将进入苦研的50名博士生们：

欢迎你们加入经院大家庭，感谢你们对经院的信任！

在新生开学典礼之前，我们分别在明德主楼728会议室见了你们的家长，感受到了你们的父母将你们托付给学院的沉甸甸的责任和对全体老师的嘱托。在准备这份致辞的几天里，我感到了为难，年年讲，哪有那么多的新意？

前天，我和几位老师分别到品一（俗称小破楼）和品六（俗称公主楼），与你们有了第一次的会面和简单的交流，感受到了你们这些“00后”们稚气外表下透着的骨子里的自信。尽管现在还无法准确刻画你们这个年龄段的典型特征，但冲着你们“占据”如此特别的年份，就注定了你们的幸运和独特，你们注定将成为创造历史的一代。你们的到来，一下子使“90后”们变成了大人。今天给大家分享的想法是“致‘00后’们的”，主题为“你们火热的理想不要止于大一”，请在座的“90后”们不要嫉妒。

我知道你们是带着理想进入大学的。这种理想使你们高中阶段越过同龄人，并在残酷的高考中胜出，站在了又一条人生的竞跑线上。在跨入大学后的第一学期，你们也和历届所有进到大学之门的新生一样，铆足了劲儿，一边打探着其他同学的计划，一边暗自谋划着自己的四年大学生涯。有的找老乡和高年级同学取经四年如何成功度过；有的一边认真对待课程，一边跑社团；还有的甚至打算着在经济学之外再学法学、政治学……你们的身影高频次出现在图书馆和教学楼。但是，我不得不在你们正意气风发的热乎劲儿上，给你们呈现另外一番景象，那就是，你们的一些师哥师姐在过了第一学期以后，初入大学时的憧憬变得平静，理想开始被现实冲淡，大学生活变得无味，选课挑容易过的，上课为了攒学分，考试周才到教室和图书馆抱佛脚，刷微信、看视频成为打发时光的主业，到了大三一部分学生开始忙保研，一部分学生开始找实习单位，为进到社会谋机会，大学四年变成了三年甚至两年半。我想这一定不是你们想要的大学生活，更不是大家的初心。出现这种状况，既有大学的问题，也有你们对理想认识的偏差。关于前者，以我入职三年多的感受，大学既没有你来之前想得那么美好，也没有被描述得那么不堪。要改变这种状态，唯有大学和学生携手努力。在今天这个场合，我想从你们的角度谈几点看法，既是对你们的期许，也是对学院如何培养人的一种愿景。

第一，用好大学四年使自己成为一个有教养的人。

同学们会问，我们都读了那么多年书，还不是一个有教养的人吗？不一定的！我给教养的定义为知书达理。你们从小学到高中更多的是在吸收备考的知识点，老师、家长和你们三方联手过高考关，实在难以顾及通过知书以达理。一个有教养的人一定是一个有知识的人，这些知识可以从长期的习俗和规范中习得，但更是通过教育传授与养成。你们在大学四年期间，如果只是满足于学好学院排的课程，刷高学分成绩，那就是在沿袭高中模式。经济学院的学生一方面一定要通过经济学的课程学习，学会经济学的思维方式、方法和以经济学知识分析世界和改造世界的能力，另一方面必须规划自己大学四年的跨学科知识建构，每个人知识体系的建构因人而异，但目的只有一个，就是使自己成为一个达理的人。检验我们大学教育成功的第一标志就是：经济学院学生走出去就是一个用经济学知识武装的有教养之人。

第二，用好大学四年使自己成为一个有德行的人。

德行对一个人的要求似乎变得越来越奢侈，这事实上是一个良好的社会对人的基本要求。德行就是给自己设底线，宁可吃点亏，也要约束自己不逾越。大学是养成好德行的最好阶段，也是养好德行的最好环境。因为学生之间的友谊大于竞争，你们之间的那点较劲或心里不快还没有那么利害攸关，犯不着用伎俩甚至损人来达到小利的目的。因此，大学期间，大家不要为了弄个官儿向不好的势力低头，不要为了点分儿偷鸡摸狗，不要为了评个奖弄虚作假，不要为了发表去混社会，更不要为了保研让其他学生对你不耻。这些伎俩一旦得逞，容易上瘾，久而久之，这些丛林法则会倾入你的肌体。一旦成为一个无德行的行小利之人，也就别指望将来能干成什么大事。

第三，用好大学四年使自己成为一个有责任的人。

我们每个考入这里的人，权且被认为是担过责的，因为你们完成了父母寄予你们的使命——金榜题名！但是，你们大学四年养成的责任和担当是要带入社会的。同学们会问，大学期间有什么责任要担当的。我给大家说，到处都是。它们全在一些做事与相处的细节中，比如，你每周给眼巴巴望着你的远方的家人致过问候没有？同寝室的同学之间你有过发自内心的关爱没有？班级的事你是闪还是上？苦活儿累活儿你在哪儿？出了纰漏你是推给别人还是自己揽？对待日常的细节就是对你责任心的培养，这些细节久而久之就形成一种对责任的习性。你的责任心有多大，你的担当就有多大，你未来能干的事就有多大！

第四，用好大学四年使自己成为一个客观看世界的人。

每个人有自己对世界的看法，但每个人对世界的看法由其对世界的了解和理解所决定。你不了解世界，就不可能真正理解世界。对于进到这里的你们来讲，最需要提醒的是，容易圈在象牙塔里和书籍里认识世界，甚至以自以为是的方式来改造世界。以你们的知识、阅历和环境，我建议你们先建立相对成熟的认识世界的价值观，阅读尽量吸收不同观点，思考不要走极端。多问为什么是这样。多些建设性，减少批判性。在看世界时多些归纳法，少用演绎法。读不明白、想不通、辨不明时，就走出去，社会一定比你以为的精彩。对世界认识越客观，你对世界的作用就越大。

谢谢大家！

（本文为作者在中国人民大学经济学院 2019 级新生开学典礼上的致辞）

向思而行　学问人生

冯　果

武汉大学法学院院长

亲爱的 2019 级同学们，尊敬的各位老师：

大家好！

春华秋实，岁月如歌。现在是个收获的季节。在金秋的九月、教师节的前夕，我院迎来了 2019 级博士、硕士研究生新同学，你们的到来，为我院注入了新鲜的血液和崭新的活力。今晚我们在此举行研究生新生开学典礼，在此我谨代表法学院对你们的到来表示热烈的欢迎和衷心的祝贺！也借此机会向全院教职员工送上崇高的敬意和衷心的感谢，祝大家教师节愉快！

2019 年注定是不平凡的一年。今年是中华人民共和国成立 70 周年，也是武汉大学法学学科复建 40 周年暨创办 111 周年。作为法学院的院长，最近我一直在思考一个问题，就是“武大法律人”五个字，到底意味着什么？我认为，“武大法律人”五个字，既意味着一种自信、一种“舍我其谁”的底气，更意味着一种自觉，一种“责无旁贷”的锐气和担当。武大法律人的自信，是一种源于百余年丰厚历史底蕴的自信，是一种脚踏实地、砥砺奋进的自信，更是一种对未来目标执着坚定的自信。武大法律人的自觉是一种追求卓越的自觉、一种常怀敬畏的自觉，更是一种“敢于担当”的自觉。在“双一流”建设的关键时期，大家的到来更是意义非同寻常。

同学们，感谢你们选择了法学，也感谢法学院老师选择了你们。研究生学习和生活即将开始，这也是你们人生中的一个新的开端。值此开学典礼之际，我想告诉大家的一句话是“学问即人生”。我希望你们在这里“致知穷理，学古探微”，把追求学问作为一种生活方式，培育高尚人格，积淀丰厚学养，捍卫学术道德，创造属于自己的学问人生。

一、为人与为学。

同学们，我们常说“做人是一门大学问”。我们每个人虽然生而为人，具备了人之为人的基本生理特征和发展潜质，但是否是能够自立于世的人，是否是一个理想中的人，则大有不同。读书的目的是什么？这是我们首先要叩问的一个问题。

我想说的是，“求学之最高旨趣在做人”。这里所说的“做人”是指理想中的人，即孔子所说的“己欲立而立人，己欲达而达人”“己所不欲，勿施于人”和孟子所说的“富贵不能淫，贫贱不能移，威武不能屈”的有“德操”的人。教育的首要功能应该是提高个人的修为，增强我们对于生命的感受力，从而更好地认知自己，并且不断地提升自己。一句话，就是“修心”。这才是我们来此的初衷。

自古以来，就有“先学做人再求学问”与“先求学问再学做人”的讨论，甚至争论。粗看起来，都有理由。但是，仔细一想，二者不能割裂也无法割裂。没有知识的启迪，何以做得了好人？没有人品的支撑，在学术道路上一路偏差，又怎能做出好学问？所以，为学和为人是一对统一体。

首先，做学问首先要有高尚的人格，人格的高度决定学问的高度。其次，做学问要有丰厚的学养，学养的厚度决定学问的深度，而学养实际上就是一种学业上的修养；更重要的是，做学问要捍卫学术道德，学术道德底线任何人都不能逾越。孟子说：“诚者，天之道也；思诚者，人之道也。”诚信是做人的本色，也是学术的最低要求。

同学们，请认真做学问。认真做学问的过程就是培养独立之精神、自由之思想、博爱之情怀，科学严谨之态度，克难、攻坚之勇气的人格完善的过程。学问使你明理，学问使你通达，学问使你更加理性。

“天地有大美而不言，四时有明法而不议，万物有成理而不说。”求学之路，人生之路，都有其自在的规律，不消言说。让我们在为学和为人的双重修炼中开创更加美好的未来吧！

二、向思而行，做一名仰望星空、具有渊博知识和学术涵养的法律人。

人类思想文化是人类文明的根基。法学乃人性之学，折射的是对人性和对社会发展的认知，追求的是社会公平正义和人类的福祉，探讨和研究的是世界、社会、人生之根本性学问，表现的是一种对无限的、普遍的、智慧的爱好和追求。

武大法律人应该是一群仰望星空之人。

在当今这样一个充满物欲、功利和实用的喧嚣时代，培养、拥有和保持一份对理想和对学术的兴趣，尤为珍贵。学术是一个艰难的探寻过程，需要我们不畏权贵、不畏权威，自由独立地进行批判性思考，追求人生的一种自由与独立的学术品质。只有这样，三年的研究生学习和生活才会变得有趣且快乐。犹如孔子所言：“知之者不如好之者，好之者不如乐之者。”当把学习、喜爱、快乐统一起来，才能真正领略法学之魅力，才能体会常人难以体会到的一种思想的幸福。作为新一代的武大法律人更要有张载的“为天地立心，为生民立命，为往圣继绝学，为万世开太平”的崇高学术意识和社会使命。

向思而行，要求我们必须好学深思，潜心研究。当前功利主义的甚嚣尘上造成了“皆为利来”“皆为利往”的浮世绘景象，也导致学风的浮躁。我们必须明白，大学是道场，而非市场。虽然我们无处不在市场之中，但我们更应该恪守内心的道场。我们需要静下来回归经典、回归自我、回归灵性。

向思而行，要求我们博采众长，求是创新。人生的答案写在时间里。研究生三年时间是人生宝贵的求学时期，转瞬即逝，我们需要珍惜每寸光阴。研究生学习和教育不同于本科阶段的专业学习，本科阶段主要是学习和掌握系统的一般专业知识，而研究生则是要在系统掌握精深的专门的专业知识的基础上，要有研究意识和研究实践，要有问题意识和创新精神，要有批评性思维和独立的研究。这就需要我们不断加强和提升自己的专业思维能力和研究水平，推进专业思想理论研究。

向思而行，要求我们关注现实，知行并举，做一名现实生活的思考者和社会规则的践行者。法学是一门实践性很强的社会科学，我们的探寻不能脱离现实，必须关注现实。俗话说“读万卷书，行万里路”。现代社会对人才的需要更多是复合性的，不仅需要你拥有扎实的专业知识，同时还需要你有着较强的分析和研究能力以及较高的学术素质，希望同学们要关注时代问题和社会需要，优化自己的知识结构，注重自己生存知识和能力的培养与提升。

三、从个性发展走向个性成熟，做一个全面发展的人。

不同阶段有着不同的培养目标。如果本科生教育的目标是“通识教育、个性发展”，硕士生教育的目标是“经世济民、追求卓越”，那么博士项目的目标则是“追求真理、崇尚科学”。今天，我想把这些不同的目标做一个简单的概括和对比：如果本科阶段的目标是“个性发展”的话，那么研究生阶段的目标则是“个性成熟”。人生的目的，就是要明白自己如何区别于他人，如何让世界因自己而不同。本科阶段，需要在尝试多种可能性的过程中寻求个性发展，逐步找到自己的人生方向；而研究生阶段，人生方向应该已经基本明确，需要做的是探索如何在既定的人生方向上更好地前进，使人生走向成熟。

“个性成熟”，并不简单。在我们的社会中，很多人有个性，但不成熟，难以和身边的人相处，无法适应社会，也不为大家所理解。也有很多人很成熟，但丧失了个性，人云亦云、拒绝思考、阿谀奉承、自甘堕落。当然，更糟糕的则是既丧失了个性，也不成熟，无法立足社会，自身迷失方向。要想走向个性成熟，我个人认为，需要注意以下几点：

第一，独立之思想，自由之意志。个性的根本是独立的思想。做学问旨在创造新知。没有个性，没有独立的思想，就谈不上创意和新知。社会的发展往往都是一些富有个性、具有独立思想的人推动的。四十年前，正是邓小平敢于突破大多数人视为金科玉律的计划经济思想，正是柳传志、褚时健等一批企业家敢于突破既有规则的束缚，立于时代的潮头以引领时代，才有了我们今天的经济繁荣。也正是像马云等企业家对于传统的手机和互联网提出了大胆的改造设想与不懈实践，才有了我们今天看到的智能手机和互联网＋经济。个性的成熟，绝不意味着独立思想的丧失，而是让它变得更加强大。

与独立之思想相辅相成的，是自由之意志。丧失了自由，个性就失去了发挥的空间。自由需要依靠良好的社会环境去创造，也需要个人努力去争取，“追随我心”，不被他人左右。做学问选择自己感兴趣的问题深耕下去，做事业选择自己喜欢的事情坚持下去，不怕孤独，不惧风险，勇于探索，不计一时的得失，你才能拥有自由选择的快乐；即使偶尔经历痛苦，也不为自己的选择而后悔。

第二，适应社会，改变自己。同学们，我们生活在一个复杂多变的社会。历史有很多偶然性，个人的命运并不完全由自己掌握。我们必须意识到，很多时候需要改变的虽然很多，能够改变的却只能或首先是自己。很多人不成熟，不是因为他们不知道社会在变化，而是缺乏改变自己的意识和勇气。改变自己以适应社会，与保持个性并不矛盾。与其被动地等待被社会改变，不如主动去思考和探索如何在变化的社会中最大限度地保留个性，通过自己的努力去延伸个性，并在时机成熟时去做出改变社会的大事业。

第三，合作与担当。现代社会离不开合作，个性在合作中才能体现。在人工智能和大数据到来的今天，对学术的探寻和对问题的解决更是离不开团队的合作，乃至跨界的合作。师生之间本身就是一种合作。成功合作需要智慧、耐心、沟通与相互信任，需要“担当”。请同学们在合作中不计得失，努力承担自己能力所及的工作。一个能合作、有担当的个人，才是一个个性成熟的个人，才能有所作为。

同学们，“珞珈山上好读书”。珞珈山是读书的好地方，也是做学问的好地方，更是年轻人磨炼自己、为未来人生奠定基础的好地方。衷心祝福大家！祝愿 2019 级所有研究生新同学在三年的学习生活中度过一段愉快而有意义的时光。让我们与武大同行、与法治同行、与时代同行，共同谱写辉煌的明天！

谢谢大家！

（本文为作者在武汉大学法学院 2019 级研究生开学典礼上的致辞）

为中华民族的伟大复兴而读书

蒋华良
中国科学院院士

亲爱的学妹学弟们，尊敬的胡书记、吕校长，各位家长，各位老师：

下午好!

今天，应母校邀请，在新生开学典礼上致辞，这是我莫大的荣幸！这也是我自1987年从南京大学毕业后，第一次面对母校这么多的同学和老师发言，心里无比激动，也十分忐忑，总想讲一些对今年入学的新生今后的人生和事业发展有用的东西。经过近一个月的思考，我将今天发言的主题定为“为中华民族的伟大复兴而读书”。

中国人历来重视读书，或广义上来说重视教育，把读书当作最高尚的事情。宋朝元符三年进士汪洙的诗句“万般皆下品，唯有读书高”曾激励多少学子“头悬梁，锥刺股”般地勤奋读书，目的是自己将来有一个好的前程。长期以来，大多数人狭义地理解了这两句话的含义，认为读书的唯一目的是当官。殊不知，这并非汪洙的本义，这首诗前面还有两句“天子重英豪，文章教尔曹”，意思是国家重视人才，古今文章会教你们如何成为人才，所以要勤奋读书。汪洙中进士后，任明州府学教授，认真教书育人，被尊称为“汪先生”。他的许多名言名句，如“将相本无种，男儿当自强”“少小须勤学，文章可立身”“学向勤中得，萤窗万卷书”，几乎家喻户晓，妇孺皆知，传诵不息。

读书是个永恒的主题，然而，每个时代、每个人，读书的目的、对“读书”内涵和外延的理解均不相同，并随着社会和时代的变化而变化。我们敬爱的周恩来总理少年时代，看到中华不振，看到帝国主义列强的霸道和对中国百姓的欺凌，立志要“为中华之崛起而读书”，这句话激励了几代中国人为国为民而勤奋读书。

我今天主要讲几个有关读书的故事，希望对今年入学的新生有所启示。

使中国药物科学化，创制良药，解除百姓病痛。我给同学们介绍的第一位读书人是我们南京大学的杰出校友、我所创始所长赵承嘏院士（1955 年当选为中国科学院学部委员）。赵承嘏先生是前清秀才，为实现科学救国之梦想，弃文从理，去英国和瑞士留学，1914 年在日内瓦大学获得化学博士学位，是我国第一位留学归国的化学博士，博士论文做的是天然产物延胡索甲素的全合成，毕业后留校当助教，并继续从事有机化学研究，是第一位在欧洲从事科学教育和科研工作的中国学者。两年后，赵承嘏去法国罗克药厂工作七年，任研究部主任。1922 年，国内传来北洋政府摧残中医学的消息，他婉拒药厂的诚恳挽留以及老师和同事的再三劝阻，决定回国工作，实现中草药化学研究的理想。他说：“祖国需要，刻不容缓，我不怕苦。”他辞去薪金优厚的法国药厂的工作，由于法籍夫人和女儿不愿意离开法国，赵承嘏便毅然只身回到祖国。回国后，赵承嘏受聘于南京高等师范学校（南京大学前身），任数理化学部教授，讲授工业化学课程。著名化学家吴学周院士、柳大纲院士等都上过他的课。后去北平协和医学院工作，并于 1932 年创立国立北平研究院药物研究所（中科院上海药物所的前身）。赵承嘏先生成立药物研究所的目的是“使中国药物科学化，创制良药，解除百姓病痛”。他一生为自己设定的目标努力，建立了我国天然产物和现代药物研究体系，他的研究成果举世瞩目，这里仅举两例。在抗日战争时期那样艰难困苦的条件下，赵承嘏与药理学家张昌绍、陈克恢等合作，从中草药中发现抗疟药物，他们从常山中发现常山丙碱的抗疟作用为奎宁的148倍。这一研究在20世纪40年代的世界抗疟药物研究中成为不可逾越的“高峰”，常山碱化学和药理研究的论文发表于《美国化学会志》(*Journal of the American Chemical Society*)、《自然》(*Nature*)和《科学》(*Science*)杂志上，足见当时这一研究的水平之高。通过这一研究，培养了高怡生（南京大学校友、中国科学院院士、上海药物研究所第二任所长）和周廷冲（中国科学院院士）等一流的化学和药理学人才。1952年，抗美援朝战争爆发，他与中国科学院上海有机化学研究所首任所长庄长恭先生（曾任中央大学理学院院长）等一起，解决了国产青霉素工业化生产的难题，挽救了无数志愿军的生命，为保家卫国作出重要贡献。赵承嘏先生以“科学救国”为目标，出国留学，学成回国，报效祖国，形成了上海药物研究所“基础研究，新药创制，多学科合作，人才培养，技术转化”五位一体的传承基因，“研制老百姓吃得起的好药”已经根植于每个药物所人的心田。

成绩超过东京帝国大学的学生，也是一种抗日。我的导师，著名药物化学家嵇汝运院士，1937年考入中央大学（南京大学前身），正值抗战爆发，中央大学不得不搬迁重庆。嵇先生那个年代的大学生，都是在茅草房中上课，在敌机的轰炸声中读书。嵇先生曾告诉我，他们有一种信念，一定要读好书，为抗战胜利学真本领。当时中央大学学生的口号是：“成绩超过东京帝国大学的学生，也是一种抗日。”这是那个特殊时期大学生读书的目的。这一特殊时代催生了一代栋梁——杨振宁、李政道等获得诺贝尔奖获得者，培养了钱学森、邓稼先、程开甲等23位两弹一星功臣（其中南京大学校友9位）。抗战胜利后，中央大学快速发展，跻身国际一流大学，1948年排名亚洲第一，国际第49名，超过了东京帝国大学（现为东京大学）。

为实现四化而发奋读书。下面简要谈谈我们这一代人读书的经历。1983年，我考入南京大学化学系读书，当时正值改革开放初期，我们的国家还十分贫穷落后，国家号召要实现四个现代化，即工业现代化、农业现代化、国防现代化、科学技术现代化。我们这一代人在大学读书时最流行的口号是“为实现四化而发奋读书”。南京大学读书的氛围和学生认真读书的情景让我至今难忘，大家都喜欢坐在前排听课，一门课上完后，要奔跑着去另一教学楼的教室抢位置；很多学生喜欢彻夜读书，经常为占领通宵不熄灯教室的位置而发生“冲突”；一早图书馆门口即排了长队，大家希望等开门后在图书馆找一个好位置自习，实在找不到地方学习的学生就将食堂的餐桌当成课桌……20 世纪 80 年代，南京大学老师们教学的目的是为祖国四化建设培养人才，学生读书的目的是为四化建设添砖加瓦学好本领。当时南京大学教学和科研条件远不如现在，但培养了一批为国家经济、文化、社会、科技和军事发展做出重要贡献的人才，20 世纪 80 年代的毕业生中，14 人当选为中国科学院院士，南京大学也成为改革开放后毕业生当选中科院院士最多的高校。我本人也在南京大学掌握了扎实的化学理论和技能，并选修自学了一些数学和物理知识，为我从事创新药物研究工作奠定了基础；我担任中科院上海药物研究所副所长、所长 14 年，管理工作也算卓有成效。如果我在科研和管理工作中取得了一些成就，是因为我在南京大学读书时所受到的科学训练，所培养的人文素养起了很大的作用。

今天，我特地对新入学的学妹学弟们谈读书这一话题，有特别的用意。今天的中国再一次处在历史的关键时期。今年是新中国成立 70 周年，后年是中国共产党建党 100 周年，实现我国“两个一百年”奋斗目标的第一个百年奋斗目标——全面建成小康社会。现在看来，第一个百年奋斗目标一定会实现，也一定能够实现！因此，你们生逢其时，在中国发展这一十分关键的时刻，进入大学学习，应该感到庆幸，应该有一种自豪感！全面建设社会主义现代化国家、向第二个百年奋斗目标进军的新征程已经开启。习近平总书记在中国共产党第十九次全国代表大会上的报告提出，到 21 世纪中叶，把我国建成富强、民主、文明、和谐、美丽的社会主义现代化强国。届时，你们的年龄刚好与我现在的年龄相当。因此，你们是实现第二个百年奋斗目标的主力军，能否实现这一目标，实现中华民族的伟大复兴，你们的贡献十分关键！为了实现这一目标，你们进入大学学习，应该感受到压力，应该有一种历史使命感！

然而，实现我国第二个百年奋斗目标不会一帆风顺，困难已经显现：美国发起的贸易战逐步升级，西方反华势力唆使香港“废青”发动的港独和暴乱活动还在继续……凡此种种，依然是西方列强企图阻碍我们发展，阻止我国复兴的行径。你们应该学习先辈们的精神，越是在列强欺凌我国的时候，越是在艰难困苦的时期，越要自强不息，努力学习，为中华之崛起而读书，为中华民族的伟大复兴而读书。

学妹学弟们，最后，我送你们一副对联：不忘初心育繁星，成己达人梦远行。南京大学历史悠久，你们在校期间会看到母校建校120周年校庆；南京大学科学素养扎实，文化底蕴深厚，你们一定能在这里学到想学到的文化和科技知识，获得今后生活和工作所需的能力。我真心希望你们在南京大学把书读好，也真诚地祝愿你们在南京生活快乐，有一个终生难忘的大学时代。

（本文为作者在南京大学2019级本科新生开学典礼暨军训动员大会上的致辞）

学术规范与学术传统

陈尚君
复旦大学中文系教授

各位新同学，欢迎大家来到复旦大学中文系。今后几年我们将一起在这里读书、学习，我相信各位的选择是非常不错的。刚刚有提到全国中文学科的排名，我们系在其中连续几年排在第一，我觉得这是很可喜的事情，是我们系里好几代老师和同学共同努力的结果。

因为很偶然的原因，我在学校里担任学术规范委员会主任，所以尽管这个环节是代表教师发言，我还是稍微有一点官腔地向大家提出警告，我讲的主旨是学术规范和学术传统，用另外一句话来表示就是：随心所欲不逾矩。矩，是规范，有限定，而随心所欲是指大家学习时，要跟着内心的感觉，随着自己的良知，根据自己的兴趣，去读书、去体会、去研究、去分析。

一、学术规范

首先讲一段关于学术规范的话题。现在的学术环境有很大的改变，但是问题始终还是存在。我是从 2014 年开始担任学校这一部分的工作的，文、理、工、医各个方面都有涉及。全校范围之内发生过的学术违规案件不少，其中人文部分的也有，有些问题还比较严重。在两年多之前，曾经有媒体报道复旦学生博士论文抄袭的事情，当时由研究生院已故的钟扬院长和我来共同负责这件事情的处理，涉事的论文和抄袭的论文我都做了逐字的比对，最后的鉴定报告也是我起草的，该文章除了致谢中的感谢对象稍稍有一些不同，其他的几乎全部抄袭，已经不需要去做专业的鉴定了，只要是识字就能够做判别。所以学校立刻决定撤销涉事学生的博士学位。

类似的情况，前面四五年之中在全校范围之内有不少。现在世界越来越小，好多的东西大家都看得见，而且特别是研究一个小的具体的作家，全世界可能只有几个人在研究，全世界能看到的文献不多，怎么会有发现不了问题的道理？所以，开学之初，我在这里负责任地和各位同学，特别是新同学说，教育部对于学术规范的问题，对于研究生论文的评审，对于教师发表的学术论文的评价，是有越来越严格的规范，也有各种的检查措施，包括论文查重，等等。如果概括一句话来讲，就叫“无所不用其极”。我在这里很友好地提醒各位同学：自己去读书，自己去写作，千万不要跨过文章抄袭的红线，对自己的一生来说，那会是一个污点。我觉得在中文系读书，更应该要培养读书的品位，培养写作的姿态，培养自己的眼光和学术的感觉。

二、学术传统和学术精神

我想再跟大家分享我在中文系这 42 年以来感受到的中文系的学术传统和学术精神。我有幸在中文系这么多年，有机会亲身接触到我们系的十大名教授中的多数。我的老师是朱东润先生，有近十年的时间，我一直跟着老师学习。和我老师那辈人学习，感受是不一样的，能感受到正是许多这样的学者共同造就了现在我们中文系的学术传统。这个传统如果要用两句话来概括的话，我愿意说的第一句话，是 1925 年邵力子先生在中文系建系报告中的一句话：“整理旧文学，发展新文学”。这是我们建系的基本精神。所谓新旧文学，在我们系成立之初，就不是对立的，是包容的，中文系是要在旧文学的基础上面，经过系统学习和整理，为发展新文学贡献力量。

那第二句话，我想到的是：融通古今中外，踏实开放创新，尊重学术个性，鼓励多元发展。在我开始读书的时候，老师就告诉我：如果研究现当代文学，也应该从《史记》看起。就是说，要研究现当代文学，也要从古代文学看起。我的导师朱东润先生研究的是中国文学，但是他的研究参考对象是英国文学，是把中国文学和世界文学打通，放在对比之中加以研究的。刘大杰先生的《中国文学发展史》基本思路，是把法国社会学派的文学与社会关系、文学发展的各种动力作为中国文学研究的一个基本出发点；朱东润先生中年以后研究传记文学，认为中国传统传记文学的精神和英国传记文学的精神是不一样的。他从中年学术转向后，基本的方法和立场，就是以欧洲文学的态度，以英国传记文学的立场来研究中国文学。这样的研究精神也影响到我们这一辈，我自己就遵循这样的基本精神：踏踏实实地读书，遵循规范地读书，了解文献学的基本规范，从基本典籍读起。阅读古籍，初步要求是读通，更进一步则要读懂，再进就必须读透，读出文字表面没有的内容，然后有自己独特的体悟和理解。我们可以在基本的故事之中看到，同一个事件许多人有不同的理解，比如项羽乌江自刎的事件，有人看到霸王别姬，但朱东润先生看到了另外一面，是项羽到乌江以后，江东子弟已经全部投降刘邦了，这样的一种认识，可能一般人读书时就会忽略掉。人仅仅读一个传记是孤立的，但如果把一本著作全部系统加以领会，就能看出各种新的观点。我在复旦读书，更多地受到了这种精神的影响，在很长时间里，我很相信一点，就是读书应该遵循规范，更要突破定说，创造新说。以古代文学来说，就要按照目录学的路数来读书，同时，应该始终抱持怀疑的态度来看待前代已有的各种结论和意见。在我的读书经历之中，确实可以看到前辈的许多精神和传统，一代一代在影响着我，让我能够踏实地努力争取做超过前人的工作。

在座新入学的研究生，我在这里和各位说句话：在学术的起步阶段，我希望你们不仅仅是完成三年或者五年规定的学历，更多地希望你们在研究生开始阶段做一个终身的规划，要有宏大的抱负。我始终不赞成的一句话是，把前一辈的学者看得高不可及。现在经常有人会讲“大师以后再无大师”，如果再无大师，要我们活着干什么？我告诉各位，一代人有一代人的学术，前辈做了许多了不起的工作，但在我们所经历的时代，我们可以看到许多新的变化。在我的师辈或者师祖辈之中，他们都有了不起的地方，但是他们经历的时代，国家处在动荡之中，那个时代可能文献资源和国家的开放度，远远不如现在。对我们现在来讲，无论是图书资源的获得，还是检索手段之精密，以及我们文献操作的能力、我们具备的开放眼光和现在总体的文化氛围，都超越前辈很多。所以，我愿意在这里和各位新同学说明这一切，祝大家增强自信，脚踏实地，开放眼光，做出无愧于自己，也无愧于时代的新的学术成就。谢谢！

（本文为作者在复旦大学中文系 2019 级新生大会上的致辞）

领悟大学之道，承载大学使命

宋纯鹏

河南大学校长

亲爱的同学们：

大家上午好！

今天，我们在这里隆重举行2019级新生开学典礼暨军训动员大会。这是每年学校既定的洋溢着节日气氛的重要盛典：欢迎你们，2019级的新同学！从收到带有河大印记通知书的那刻起，你们就有了一个共同的名字——“河大人”。我坚信，相遇河大，她一定会成为你最值得珍藏的记忆，定格在你内心的深处，伴随着你的一生，助你实现梦想。

最近，我在思考作为开学的第一课，你我之间如何建立起信任、产生思想的共鸣。同学们有着不同的家庭环境和个人经历，在国内外局势异常复杂、风云变幻的形势下，在睁眼看世界、步行量未来之时，如何认识我们的责任担当和未来发展，这是我们共同面临的课题，也是大学及大学生的理想和使命。

大学的使命是什么？从历史中走来的河南大学如何承载教育的使命？《礼记·大学》开篇之语：“大学之道，在明明德，在亲民，在止于至善。”这句千古名言，正是对大学使命的精辟描述，即大学使命在于发扬光明的德行，不忘担负社会责任的理想主义精神。创校时期的先贤，以中国古典名著劝诫，作为一所现代大学的校训，从侧面反映了河南大学办学基因里始终蕴含着自己的使命和理想。

著名哲学家和教育家张载曾在开封执掌当时的崇文院，之后创立关学：其核心是立天、立地、立人，做到格物、致知、修身、齐家，治国、平天下，努力达到圣贤境界。初创时期河大文科主任、著名哲学家冯友兰先生，将关学的主旨概括为横渠四句，即“为天地立心，为生民立命，为往圣继绝学，为万世开太平”。这种理想是教育永无止境的精神追求。在河大这片土地上，一千多年前设立了大宋王朝的国子监，一百多年前是全国科举考试的河南贡院，之后开启了新式高等教育。河大受中国传统教育思想滋润，兼容并包，滋生出了独特的文化，这是大学底蕴的根基。今天大学的使命是使受教育者具有家国情怀、健全人格、成熟心智、国际视野、独立思考能力，能够道德文章俱佳，这正是立德树人的根本表述，也是河大的不懈追求。

一个多世纪的时序更替，风云变幻，最能体现河南大学使命和理想的是抗战烽火中那段精彩纷呈的办学经历。抗日战争全面爆发后，中国大地硝烟四起，河南大学先后辗转迁徙至信阳鸡公山、南阳镇平、洛阳栾川、嵩县潭头，陕西汉中、宝鸡等地，行程数千里，历时近八载。河大烽火育才之壮举，实为亘古罕闻，我们誉之为“小长征”。十四年抗战艰苦卓绝，长途跋涉，甚至食不果腹，但你看老照片上那一个个河大人依然气宇轩昂，他们不忘教育之根本，播撒文明，那是何等的英气。苦难历程和悠久文化之于河南大学，既精雕细琢了她百折不挠的气质，同时也赋予她宠辱不惊之君子风度，赋予她从非常之苦难跋涉前行的从容，以及不懈传道授业解惑，延续教育和文化的使命感。

国家公布“双一流”建设高校的第二天，一位 90 多岁的河南大学的老校友、湘雅医学院原院长孙材江先生（其先父是多年任河大理学院院长的孙祥正先生），辗转发来贺信。他讲述了一段故事：抗战期间，河大颠沛流离，先父不惜舍弃私物，保护稀缺白金坩埚和显微镜等仪器，这些成为其他高校稀缺和羡慕的教具和财富。父亲的导师是普林斯顿大学美籍德裔著名科学家，看到中国战火蔓延，觉得先父在中国难以施展，便径自寄来了5000美元，邀请其赴美研究。父亲以国家前途为念，婉拒导师好意，嘱我赴上海退还。尤其是贺信的最后一段：“我已90有余，仍在进行骨科研究，从事一线门诊。欣见国家拨乱有成，反正日新，超强可待。我虽老耋，仍当伏枥奋蹄，并殷勤致语后生学弟，继承传统，放开思想，锐意创新，挑起河大全面持续进步的大梁。”这就是有理想、有担当、有情怀的河大人！同学们，你听到学长的呼唤了吗？这种家国情怀、使命担当理想主义的品质，既是中华民族精气神的集中体现，也是河南大学的内在基因，融入了河大人的精神血脉。

大学学习的本质是什么？从现实中选择的河南大学如何成就你的大学梦想？今天是同学们人生里具有里程碑意义的时刻，也许你们关心关注的话题是读什么样的大学，学什么样的专业，有什么样的工作职位。自媒体时代，观点纷繁，家庭背景差异巨大，你们是否时常感到困惑，甚至无所适从？

选择什么样的大学实现自己的理想，一直是备受家长和学生关注的课题。我最近读了美国《纽约时报》专栏作家 Frank Bruni 的 *Where You Go Is Not Who You'll Be* 这本书，书中列举的大量统计数据显示，决定成功的关键是学生自己在课堂内外的努力，而非一张名校的文凭。一所大学的职责并不是教学生思考什么，而是教学生如何思考。无论是学生还是家长，都不应该将成功建立在一所学校的名字上，而应该将它建立在追求卓越的成就和意愿上。这就是大学的学习本质。

也许在到来之前，你对河南大学的印象是普通的，她并不引人注目。但我相信，一旦你走进河南大学校园，熟悉了她的曾经和过往，便会对她肃然起敬，深感与之相遇的幸运。

经百年沉淀，校园独特的风土和悠然岁月的书香，凝聚成河大独特的文化魅力，犹如弥散在校园的气息，不断温润你的梦想，让你砥砺品行。经百年涵育，从这里走出近 60 万名校友，她造就了一代代卓越的大师，听他们的故事甚至是传说，更多的是一种精神。冯友兰“承百代之流，而会乎当今之变”的新理学体系，董作宾等的殷墟考古和甲骨文断代学研究，马可延安时期脍炙人口的红色旋律，任访秋等现当代文学群体，李润田等的土地规划和利用，赵九章、党鸿辛参与“两弹一星”的研制，王立群百家讲坛的大师风范，耿明斋等中原城市群蓝图的设想，张治军等纳米润滑材料的研发，等等。在国家发展的历史进程中，河大英才辈出，功勋卓著。大师人格的熏陶和淬炼，都是别具一格的，激励你扬帆远航。

在大学如何实现自己的人生理想?

要保持进取的心态。在一所良好的大学，保持进取的学习心态，就是良好的学习理念和人生追求，就会成就好的人生。学生对学校的感觉需要学生去体会，甚至是想象，选择能激发潜能的学校，为学生今后的发展指明方向和方法。世界日新月异，变化的节奏如此之快，大学的学习不断挖掘潜能，学生更需要的是发现、塑造变化的途径，而不仅仅是应付变化的方法。这些正是学生在大学期间应确立的目标以及努力去获得的能力。让每一个心灵独立自由，全面发展，开阔精神视野，能用辩证观点分析判断万事万物，让自己从容不迫，处变不惊。

要保持勤奋的学习状态。经过高中的勤奋和苦读，也许你现在已经懈怠。恰恰相反，已是成人的大学生想具备非常人的灵感和天性要经过严格的训练，这是一种艰辛的社会化过程，苦乐交集，冷热交替。这时要有横扫图书馆的雄心，苦读经典，培养专业兴趣，获取专业逻辑和思维训练。在学习知识和追求学术的过程中，要耐得住两种苦：一是不得之苦，二是钟情之苦。努力达到陶渊明在《五柳先生传》中描写的读书状态：闲静少言，不慕荣利。好读书，不求甚解；每有会意，便欣然忘食。

要塑造完善的人格。大学的学习，首先是学做人，发展自己，完善人格。欲成就一等的学问和事业，当先砥砺一等的品行。要坚守价值底线，培养规则意识和契约精神。要保持人性最初的本真，学会包容、与人为善；学会自我管理、自我完善；学会相互支撑，彼此扶持，共同造就刻骨铭心的大学美好生活。

同学们，习近平总书记指出，我们现在所处的，是一个船到中流浪更急、人到半山路更陡的时候，是一个愈进愈难、愈进愈险而又不进则退、非进不可的时候。大学生活的大幕已经开启，希望你们珍惜在河大的求学时光，领悟大学之道，承载大学使命，成就更优秀的自己！最后，衷心感谢中国人民解放军战略支援部队各位承训官兵！预祝本科生军训圆满成功！

谢谢大家！

（本文为作者在河南大学2019级本科生开学典礼暨军训动员大会上的致辞）

我的大学

张　勇

阿里巴巴董事局主席

尊敬的许书记、蒋校长，上财母校的各位老师、各位同学们：

大家好！回到母校，非常激动，也非常开心，尤其今天是双喜临门，既是新同学的开学典礼，又是母校 102 周年生日。在这里，我首先想对我尊敬的母校，对我各位敬爱的老师，对师兄、师姐、师弟、师妹们，说一声生日快乐！

刚才在赶过来的路上，当车一到五角场，到国定路一转弯，基本上思绪就回到了二十几年前。28 年前的 9 月，我跟很多在座的新同学们一样，也是怀着憧憬和对未来的无限向往，走向这条路，走到国定路，走到 777 号（上海财经大学门牌号）。看到 102 路公交车终点站，看到我熟悉的校园大门，思绪就回到了以前。

今天是我们新同学的开学典礼，受书记和校长的邀请，回来跟大家做一些分享。可能大家知道我在江湖的花名更多一点，叫“逍遥子”，这是我在阿里巴巴的花名。很多人会问，你如何进入互联网江湖，进入到数字经济世界的江湖，有这么一个“逍遥子”的花名？我想，寻源、溯根，最后还是回到这个校园，回到国定路，这个非常熟悉又充满上海味道的小马路。

很多人也会问，张勇你这么多年一路走过来，一个上海人，上海财大毕业的，典型的财经专业的学生，后来也是从事着财经专业工作，你怎么一步一步规划的？特别是到后来，你怎么就去了阿里巴巴，转做经营、做管理、做业务、做创新了，又怎么一步步做到CEO，做到董事局主席了？

不瞒大家，我非常朴素地回答，就是几个字，“做好现在”，这就是我最真实的回答。

从大学的时光开始，每个人都会对未来有憧憬、有向往。但是我想说在学校里，在大学生涯当中，要把握好最重要的时光，作为学生的美妙时光。这是我作为过来人，作为离开大学二十几年的老同学，今天分享给我们在座的新同学的首要内容。把握做学生的时光，寻求知识，同时在更广阔的平台当中，去学习社会、学习科学、学习技术、学习不断变化的经济。

二十几年过去了，很多人说张勇你到底当时学了什么，对今天的你有帮助？我说二十几年过去，点点滴滴，所有学的东西都有帮助。我还清楚地记得，刚刚进校园之前，我特地看了看路边的小店，情不自禁想到那个时候，我上霍老师的课的时候，她今天也在现场。当时我学的专业是金融系证券专门化，是中国证券市场打开大门以后这个专业头一届学生，我就在小店做一件事情，去买格子纸，去买铅笔，买尺子。为什么？因为要画K线图，你作为一个证券专业学生，要先把阳线、阴线、十子星这些东西搞清楚。点点滴滴都是最基本的东西。但是到今天，随着科学进步，随着教学技术的进步、装备的进步，同学们已经不需要用手去画K线图了。但我想任何这样一种非常基础的经历，带给你的体会，是你自己真正去体验过、真正去学习过，就能产生深刻的记忆，同时你会对这个行业、对从业者、对所有伙伴们的知识和经验充满了尊敬，因为每一根K线图都是不容易的，每一根K线图都是实实在在的运作、运营，有这么多投资者、市场的管理者共同来创造的，这是我在大学时代，印象非常深的一件事情。

这么一件小事，过了那么多年，我还记忆深刻。还有很多很多这样的瞬间，都是在学校的美好时光，你问今天这个K线图跟你现在的工作有什么直接关系？

我说即使它没有直接关系，或者关联性较弱，但是你去学习的是那种对待这些知识的敬畏心，对待这些知识的一种态度。

大学的四年，包括研究生的时光，真的是人生最美好的时光，这个时候，你最重要的工作就是学习。很多人都会说，如何做职业规划？人生一定不是规划出来的，这是我的回答。我们每个人都要做实干家，实干家不是说干出一番事业来或干出一个企业来，就叫实干家，我们每个人都在做自己人生的实干家，我们要走好每一步。

第二点，我想跟各位同学们分享，现在回首来看，大学教给我最重要的是什么？是学习“学习”的能力。

因为这个世界充满变化，新知识、新经验层出不穷，随着技术的发展，世界变化越来越快，处在一个越来越多样的环境当中，层出不穷的技术在推动社会的发展。但唯有一点是不变的，那就是如果你有学习的能力，当面对一个变化的世界，你永远都可以去及时跟进、及时学习，并且创造性地往前走。

这也是我从上财毕业以后，这二十几年走过的道路。从证券专业毕业，机缘巧合，进入了安达信会计师事务所。后来审计师做得好好的，突然之间觉得互联网世界好像很美妙，要去试一试，便到了盛大，2007 年，又到了阿里巴巴。其实一个最朴素的原因，就是我觉得每个人的生活都会因为电子商务而改变。

进入到阿里巴巴后不久，当时叫作淘宝商城的业务被认为是非常重要的业务，我就主动去尝试。但这背后，最重要的东西还是学习能力，你是否能够真正面向一个你不熟悉的领域？能够多快找到它的规律？如何向你的客户学习、向市场学习、向竞争对手学习？最终考验的是你的学习能力。而学习能力的根源——“会学”，这个本事是来自大学。

我想，大学时光给我最大的一个感受，就是去学习“学习”的本领。大家今天进入了人生的第一所大学，上海财经大学。但是我相信我们每个人从上财毕业以后，还有更多的大学要上，有社会大学、人生大学、客户大学、市场大学……

在这个过程当中，不仅要学技能，还要锻炼自己的品性，学会能够真正善待他人，能够相信人的美好，相信社会的美好，以为别人创造价值、为社会创造价值而感到开心。

不瞒大家说，我在阿里巴巴 12 年，这 12 年当中，大家说逍遥子你是怎么变成一个阿里人的？我的回答是，其实人和人的心意是相通的，我们叫阿里人的味道。什么叫阿里人的味道？什么叫阿里巴巴的价值观？我们讲的本原的一句话，就是我们相信人和社会的美好，我们相信我们每个人都要为别人、为社会做一些我们力所能及的事情。如果我们能够看到别人因为我们变得更好，我们的商家因为阿里而变得更好，我们的合作伙伴因为我们变得更好，我们发自内心的高兴。我想这是由衷的高兴，由此所带来的共鸣是我们走到一起的原因，是我跟阿里一起走过 12 年，并且未来继续走下去最根本的动力所在，这就是我们的文化基因，是能够产生共鸣的。

除了学习知识、陶冶性情以外，在今天这个变化非常快的世界上，还有非常重要的一点：面向未来。我还是特别想跟很多新同学讲，在学习的基础上，学习“学习”的原动力在哪里，学习的原动力来自对世界的好奇心。好奇心是我们每个人最宝贵的东西，我们说要创新，我们说要创造，我们说要开拓一条新的路，原动力都来自好奇心。

阿里很多新员工进公司的时候，要做新员工培训。我们每个新员工都得做倒立。为什么做倒立？是要让所有人想到一件事情：如果换一个角度看世界，能看出来不一样的世界。当今社会日新月异，特别重要的一点是，能不能保持好奇心，尤其是你们千禧年一代。对于各位来讲，来到这个世界上，互联网之于你们，就像水电煤气那么自然，谁不知道在网上可以工作，谁不知道在网上可以做课堂、可以学习，互联网已经变成工具，出现在生活的每一个方面。实际上没有一样东西天生就会存在。以互联网为例，今天的互联网，也许五年以后长得就不是这样，可以确定的是，五年以前的互联网不像今天这样。

既然五年以前可以不像今天这样，那么五年以后，发生一些新的变化，就没有什么神奇了。但是我们怎么样去创造性地理解这个变化，甚至去引领这些变化，我觉得最重要的还是靠我们对外部世界的好奇心。如果能够保持对外部世界的好奇心，我们就会不断去思考、不断去学习，不断去学习原来的经验、原来的知识，并且更深一层去思考，有什么办法可以让它做得不一样，为什么不能用另外一个方法做到这个事情。

我在阿里巴巴非常喜欢说这样一句话，在阿里巴巴，我们希望让每个人都能成为更好的自己。我也希望通过在上财的学习，经过上财这个校园的滋养，所有上财同学们能够成为更好的自己，能够为社会、为这个国家、为未来做更多的贡献。

最后我想说，今天是上财 102 年的校庆，102 这个数字对我、对阿里巴巴都有特殊的意义，因为我们有一个非常美好的愿景，希望成为一家长寿至 102 年的好公司。今天非常有缘，我想不仅因为我生长于上财、毕业于上财，也因为这个奇妙的数字，回到母校。最后再次谢谢书记、谢谢校长的邀请，感谢母校的邀请、母校的召唤，谢谢大家，谢谢!

（本文为作者在上海财经大学 2019 级新生开学典礼上的致辞）

第二部分

认识世界，从认识自己开始

“自己”这个东西是看不见的，撞上一些别的什么，反弹回来，才会了解“自己”。所以，跟很强的东西、可怕的东西、水准很高的东西相碰撞，然后才知道“自己”是什么，这才是自我。

——山本耀司

再回母校求答案

陈一丹

腾讯主要创始人

尊敬的洪一书记、清泉校长，尊敬的各位老师、亲爱的深大新生们：

大家好！

非常高兴再次回到母校，参加今天2019届新生开学典礼，祝贺大家踏入校门，开启大学时代。

三十年前，同样的时间我也是一名深大新生。回到母校，这里有我的师长，有我的学长，如回家赤子，袒露心迹，这次也带着一个问题回校请教。

请教这个问题，首先来源于自己在人生旅程中的一个疑惑。我曾经问自己：做一名现实的理想主义者，还是做一名理想的现实主义者？

我问过同事，同事很快从逻辑上剔除了后者，说现实主义者只能是现实主义者，从逻辑上答案只有前者。对此，我也接受了很长一段时间。现实，有协商有妥协，这个中性词，带积极意义讲是有灵活性的。理想，无论大大小小的理想，本身是有进步空间的。所以理想，追求是一方面，坚守是一方面。

对于我自己来讲，坚守，除了个人价值观底线、集体制定的集体底线需要捍卫外，在具体把握上，都是有灰度的。追求，方向的明晰和坚定有个逐渐的过程，在具体路径上也是有灰度的，会随着人生阅历和学习不断调整和提升。

请教这个问题，其次是来源于寻求对未来人生的答案。未来的人生，会继续面对和处理各种人、事、物，外在的状态看起来也许都是一样，但内心的坚守和追求却是不一样的，下一步的走向也就不一样了，日积月累，人生的轨迹就与内心吻合了。

回到母校来寻求答案，源于深大精神给了我一辈子求解的营养。我入学的时候，深大校园没有围墙，这是一所没有围墙的大学！由于治安和管理问题，后来围上了围墙。但深圳大学在精神上，从创立之日起就没有固守的围墙，“开放思想，兼容并蓄”。我入学的时候，立在校门口的“脚踏实地”和“自立、自律、自强”，深深印入了我的脑海，一直伴随至今，成了我离开学校后带走的人生财富。

我的问题有了，我有答案了吗？问题和答案之间，是求解的过程。这个过程，也许需要再问一个问题，那就是求解的过程中的两头：一，你信奉的是什么？二，你的目标是什么？对此刻的我而言，一，信奉：本性的善良。二，目标：内心的幸福。内心所信奉的和追求的目标，也许都是同样的“东西”呢？那起点就是终点了，也许问题本身就是答案！

同学们，这就是我这次回到母校问的问题，我又回母校寻求答案来了。未来，我依然会继续探索答案，印证答案。

同学们，你们进入大学，几年后毕业会走入社会，走向现实，也走向理想。大学，是走向现实和走向理想的中间阶段，带着你自己的问题思考和学习吧，愿你的大学学习和生活，为你的答案打下深厚的精神基础和思想基础。

同学们，在母校，你问的问题是什么？

（本文为作者在深圳大学 2019 年开学典礼上的致辞）

不要以成绩为目的，要学着理解世界

过常宝

北京师范大学文学院院长

尊敬的莫言先生，各位老师、同学们：

大家下午好！

今天，我们很高兴地迎来了440多名来自国内外，攻读学士、硕士、博士学位的新同学们！我代表文学院全体师生，向新同学的到来表示热烈的欢迎和衷心的祝贺！

同学们，我们正处在一个急剧变化的年代，不断重组的政治联盟、经济一体化和贸易战、迅速发展的科技、全球化和民粹主义思潮、宗教极端主义、奇奇怪怪的战争等，各种匪夷所思的事实，正改变着世界的格局，摇晃着我们过去数百年甚至上千年来形成的信念和秩序。我们的社会文化和精神秩序，面临着全面反思和重建。从国内来说，迅速发展的国力，振奋起民族文化自信心；对国际话语权的渴求，也要求我们重新调整我们的文化立场、姿态和力量。语言文学对民族传统的变迁、社会文化的发展、人类精神的境遇，有着高度的敏感，也承担了更多的责任。所以，在这样一个交织着惊愕和麻木、激情和沉沦、雄心和悲观的时代，选择中国语言文学，是一个有意味的决定，也是一个勇敢的决定，它与民族前途有关，也与自己的安身立命有关。我们没赶上春秋战国百家争鸣，没赶上盛唐衰宋诗文走天下，没赶上清末民初东西文化大碰撞，但我们赶上了另一个文化创世纪，你的才华，你的激情，将引领着人们穿过这世纪迷雾，闪闪发光。

理解自己的使命，我们将会明白如何在这个学院度过此后的这几年。你们也许都会说，我们来这里，是为了在课堂上学习知识。但这句话并不完全对。比课堂更大的是社会，是千姿百态的世界；比知识更有价值的是思想，是通往思想的种种方法。课堂和学科知识，不是你的目的地，只是你助跑的跑道。把你送上跑道，期待你跑得越远越好，飞得越高越好。因此，我希望你们不要以学分和成绩为目的，而是要想着如何理解世界，如何完善自己。孔子说“兴于诗，立于礼，成于乐”，在春秋语境下，知识性的诗，规范性的礼，都只是起点，而超越性的“乐”，才是成人的不二法门。所以，我希望你们能关注世界，关注社会，而不只是你的学分和成绩。我们努力搭建各种平台，创造各种条件，希望你能走进社会，走向世界，成为有胸怀、有理想的人。一个学习语言文学的人，没有立场、批判精神、胸怀，是没有前途的。

近些年来，我们的同学入学成绩越来越高，花在学习上的时间越来越多，但专业水平却不见明显提高，活跃度和创造性明显不如前辈。有的古代文学研究生，成绩非常好，竟然一本古典书籍都没有读过，自己也无法找到一个合适的论文题目。这样的研究生，实际还只能算是一个中学生。他以为学习只是啃教材，按老师布置的题目拼凑一份作业，再考出一个好的期末成绩，这一科就告一段落。结果，离开了教材和老师，他就什么也不会。这是一个失败的大学生、研究生。当然，这里面有制度性的原因，我们的培养方法需要改进。但我们在座的同学必须明白，在大学，完成规定的学业是基本要求，不是最高要求，更不是唯一要求。学习中文是需要自我精神参与的。兴趣和疑问，而不是学分和成绩，才能引领你进入专业领域，引领你走得更远。我希望我们的研究生在面向答辩委员，给你论文选题一个学理性的理由之外，你还有一个属于自己的故事，可以讲给其他人听。

我这里再讲一个问题，就是你的校园生活。舍友、同学、导师，是你校园生活中最为重要的组成部分。如何营造一个友善而宽松的人际环境，不但直接影响你的大学生活的质量，而且将对你的精神气质、处世态度、交往能力等形成久远的影响。我站在这个讲台上絮叨已经八年了，但我每一次都会讲这个问题。我希望你们能够顺利而愉快地度过集体生活，不要出现任何波折。但波折总会有，而且这些年越来越令人担忧。我们会有不少同学出现困扰甚至心理问题，不是因为集体生活的不适应。在这里，我想提醒大家，个体的客观差异永远存在，但这种差异会成为我们大学生活的缤纷色彩，还是会酿造出郁闷甚至冲突，这就取决于你如何对待差异性了。所以，我希望每一个人都能够积极、宽容、坦诚对待你的室友和同学，充分信任、尊敬你的任课老师和导师，可以据理力争，大胆商榷，但不要阳奉阴违，更不要断章取义地告密。我们是师范大学，尊师重道是我们的传统，我们大部分同学今后也会成为老师，从现在起，修炼你高贵的人格，累积你丰厚的学识。

同学们，人生短暂，大学生活更是短暂，但很多人都会将一辈子最为重要、最美好的回忆留在大学里。我只是希望你们珍惜这段时光，充分利用这段时光。你在这里每付出一分努力，都会在将来获得十分、一百分的回报。衷心祝愿各位同学身体健康，生活愉快，学业有成！

谢谢大家！

（本文为作者在北京师范大学文学院2019级新生开学典礼上的致辞，标题为编者加）

在不确定中确定自己

袁先欣

清华大学人文学院助理教授

尊敬的各位老师、各位同学、各位家长：

大家下午好。今天我很荣幸能够以任课教师的身份，来参加新雅书院9字班同学的开学典礼。虽然我已经给新雅的同学们上了两年的课，但参加新雅的典礼仪式，还是头一回。前几天我接受了曹老师交给的发言任务之后，就一直在想，我应该说些什么？这个问题困扰了我好几天，甚至直到今天早上，我还在想这个问题。

为什么做一个简短的发言会这么困难呢？我想某种程度上是因为新雅是一个很特殊的地方。举一个最简单的例子，今天咱们新雅的开学典礼，是同学们先发言，然后是任课教师代表，然后是招生办的余主任，最后是甘院长讲话。我想在清华其他院系，乃至全国大部分其他高校的院系，这个顺序应该是反着来的。而这是新雅的一个非常特殊的氛围。

当然，新雅最特殊的地方在于，正如大家在填报志愿的时候就已经知道的，这里是实行文理通识教育的地方。从我给新雅的同学上课以来，就不断听到这样的故事：新雅的同学们在寒暑假回家的时候，常常要面对来自亲戚朋友乃至路人的直击灵魂的提问：新雅书院？文理通识？是干什么的？学出来能干什么？

坦白地说，这不是一个容易回答的问题。当然，在座的各位在填报志愿的时候选择了新雅，想必对通识教育已经有了一些基本的观念和认可。在进入新雅之后，通过刚刚各位师兄师姐们的发言，以及与老师同学们的深入交往，还会有更清晰的认知。但以我两年以来在新雅教书的经验，我同时也相信，大家在正式进入新雅的学习阶段之后，还会持续地拷问自己的灵魂：我是谁？我在哪儿？我在干什么？我为什么要学这么难的数学物理？我为什么要读这么多的简·奥斯丁？

新雅同学们普遍感受到的这种不确定性，与新雅所做的文理通识教育在今天中国大学教育制度中的先锋位置是直接相关的。当代中国的大学长期以来是在专业分割高度精细的基础上建立起来的，而清华就是这个制度当中的佼佼者。从这个意义上来说，新雅作为清华最年轻的一个院，是不那么“清华”的，或者说，跟大众对清华的传统认知，有很大差异。

当然，我今天并不想给大家提供一个非常清晰的答案。我想说的是，希望9字班的各位同学能够尽可能地敞开自己，拥抱新雅所提供的不确定性。

不确定性是很可怕的。它经常意味着没有明确目标，不断地探索、失败、再探索，持续地怀疑和追问自己的能力、禀赋、品性。这个过程往往会伴随大量的沮丧和焦虑。作为考上了清华的学生、从小到大的“别人家的孩子”，在座的各位可能很少经历过这种深刻的自我怀疑和焦虑。但同时我也想说，不确定性是美妙的。它意味着打开知识的边界、视野的边界、自我的边界，发现一个全新的世界，在其中定位和建立从来没有设想过的自己。

一般人们认为，大学是知识的顶级殿堂。今天我们处在一个信息爆炸的社会当中，通过无孔不入的社交媒体，影像、声音、文字把这个世界呈现得越来越高清、细致了。网络也使得知识的获取越来越扁平化，今天，很多人不需要进入清华、北大或哈佛、耶鲁，也可以通过网络公开课甚或知识付费，轻易地获取大量知识。大家在新雅的课堂上，也会面对大量完全陌生的、具有挑战性的知识。但我想说的是，知识的获取并不是最重要的。我并不期待大家上完我的课之后，记住鲁迅写过几篇文言文章，茅盾跟托派是不是有过论战。而是希望来自不同课程的陌生知识能够挑战泛滥的知识碎片多多少少已经在各位的心上绘制出来的那样一个熟悉的世界图景，希望各位通过大量的阅读，能够反思这些知识的起源和他们背后的结构，从而，反思我们现在身处的这个理所当然的世界，以及被这个世界所塑造的理所当然的自己。我认为，这才是大学教育的真谛。在今年 4 月日本东京大学的开学典礼上，东大的上野千鹤子老师说，使得知识衍生出来的知识，叫作元知识，而东大是教授元知识的地方。我想说，新雅大概也不是教授元知识的地方，新雅应该是使得创造元知识成为可能的地方。

刚刚我说，新雅是一个乍看起来跟普通人对清华的认知差异很大的地方，但在内心深处，我始终觉得新雅的精神和清华是一致的。大家对清华的历史多多少少应该有些了解，都知道她曾经是一个因为庚子赔款建立的、高度精英化同时也高度西化的学校，知道西南联大的光辉历史，知道 1952 年院系调整之后，清华怎样转型成为共和国的脊梁、红色工程师的摇篮，又怎样在近年来重新成为具有越来越高世界声誉的综合性大学。清华精神可能有很丰富、很多样的表达方式，但对我来说，清华最核心的部分，是她具备着一种始终不被现实所击垮的理想主义。正是因为这样的理想主义，中华人民共和国成立前那些家庭优渥的青年们才可能离开清华舒适的、每周有佣人洗衣服的宿舍，走向了土地和人民；无数的工程师们才甘愿默默无闻地去往祖国最需要的地方，一砖一瓦地将共和国的工业体系建设起来。

近年来，社会对于高等教育的阶级固化有很多讨论和批评。大家可能都听说过社会学系晋军老师那个著名的调查，他发现越来越多的清华学生都来自经济社会地位高的家庭。我自己一方面也感受到大学越来越明显的中产化，但另一方面，我始终认为清华人的“精英主义”并不单纯是社会阶层和经济意义上的。我曾经在美国哈佛大学做过一年联合培养博士生。当我暑假外出旅行时，当地人听说我在哈佛念书，第一反应不是你真聪明或你真优秀，而是：哇，你家真有钱！当我告诉他们我是用中国政府资助的奖学金来读书的时候，他们回答说：你的政府对你太好了！

相较而言，中国社会和清华学生对自己的认知还并没有走到这个程度，各位在坐火车、飞机和出租车来清华的路上，听见邻座阿姨和出租车师傅说的，大约还都是“国之栋梁”的期待，而不是你家一定很有钱。“国之栋梁”的意思是，各位接受了全中国最好的高等教育，从而也应当为国家和社会承担起更多的责任。而在我们这个正在变得越来越动荡不安的世界里，依仗过去的知识和专业，已经越来越不足以使得我们清晰地辨别出问题所在并提出解决方案。如果无法真正地审视我们所处的世界并创造新的元知识，我们将无法面对我们的时代，甚至我们自己。在这个意义上，新雅拥有着和清华一样的理想主义：通过对大写的、健全的人的塑造，去设想一个更好的世界，并愿意为之奋斗和投身。

几乎所有读过大学的人，都把大学当作他们生命中最美好的时光。我也是如此。每个人对于美好的定义不同，对于我自己来说，大学的美好在于，我深切地感受到了世界以全新的方式在我眼前展开，同时，一个完全不同于前十八年的自我出现并成长起来。祝愿大家享受和珍惜在新雅和清华的每一天，度过自己独一无二的四年！谢谢大家！

（本文为作者在清华大学新雅书院2019级新生开学典礼上的致辞，标题为编者加）

你必须知道自己到底有多优秀

廖祥忠

中国传媒大学校长

尊敬的家长们、老师们，亲爱的同学们：

大家上午好！

春华秋实，岁月如流。在中华人民共和国即将迎来70周年华诞之际，在中国传媒大学建校65周年之时，我们在美丽的中传隆重举行2019级新生开学典礼，热烈欢迎充满朝气的5095名同学成为中传学子的新生力量。在此，我谨代表陈文申书记及全体教职员工，代表遍布全球的十余万校友，向成功考入中传的各位新同学表示最热烈的祝贺！向精心培育你们成长、支持你们选择中传的老师和家长们致以诚挚的敬意！

同学们，感谢你们选择了中传，这是一个需要实力的选择！考入中传不容易，今年尤其如此。我们在全国率先启动了艺术类考试改革，在极大地提升考试科学性的同时，也增加了考试的难度。在座的788名艺术类本科生，是从近5万名考生中，通过严格的考核程序，层层选拔、脱颖而出的；在座的普通类本科生，也都是各地中学的佼佼者；我们今年的硕士研究生报考录取比高达11.7：1，位列全国第一。此时此刻，我们的心情无比愉悦。得天下英才而育之，人生之乐也。作为你们的校长，我深感骄傲和自豪！

同学们，随着科技的飞速发展，人类文明正从工业文明向信息文明迈进，人类的生存方式也正从尼葛洛庞帝所描绘的数字化生存向智能化生存迈进。高速移动互联网和人工智能将赋能所有行业，给人类社会带来结构性重构。万物智联正在推动人类社会加速前行，“无界”社会的时代特征已经开始呈现。

这是一个人机共生的时代。人类社会当前正处于发展的分水岭，在此之前，我们所面对的是“人与社会”的关系，而现在，则正在变为“人和智能终端与社会”的关系，人机共生的景观已经呈现。人与机器融合产生的“人机智慧”正在改变人类的命运。未来，如何有效地处理好人与智能终端的关系，进而实现人与机器的和谐共生，是同学们所要面对、思考并解决的重要问题。

这是一个迭代更新的时代。当今世界正在经历百年未有之大变局，在这个大浪淘沙的时代，那些勤奋而敢于冲浪的智者，将脱颖而出！那些懒惰而随波逐流者，将迅速走向平庸。可以说，这是一个真正的“圣益圣，愚益愚”的时代，一批又一批精英将不断横空出世，引领时代的发展，传媒迭代更新尤其迅速。未来，如何树雄心、立壮志，矢志不渝地去实现时代赋予你们的人生价值，是同学们的初心和使命。

这是一个真正的教学相长的时代。知识形态正向媒介化和智能化大迁移，大学校园正从传授知识的殿堂演变为文化人的圣殿，教师由知识的输出者转变为学习的引导者，学生由被动的接受者转变为主动的学习者，教与学的关系正由单向传授演变为双向互动。未来，如何实现这种角色转变，是同学们必须尽快跨越的关键问题。

同学们，科技也正在深深地改变着高等教育的结构和形态，大学与社会的边界正在消失。如何适应高等教育的风云变幻给我们带来的新挑战？我认为以下四种能力是基础，不可或缺。

一是自主学习的能力。信息时代，知识的世界是平的，各种学习资源应有尽有，获取知识的主导权已由教师变为学生。教师的主要任务是引导学生应该获取哪些知识，重点解决如何提升学生分析问题、解决问题的能力，如何提升学生的文化素养。至于具体如何获取知识，那将逐渐变为学生自己的任务。因此，自主学习的能力至关重要。卓越的自主学习能力，将成为你们走向未来的制胜法宝。希望同学们从现在开始，搭建一个专属于自己的数字学习小超市，自己进货、自己消费，日积月累，把自主变为自觉。

二是系统集成的能力。我们不能不看到，碎片化阅读已经成为时代特征。当知识唾手可得的时候，如何将碎片化的知识进行系统化集成，内化为自己的能力，就显得至关重要。系统集成后的知识才能成为自己的知识，才能转变成自己的能力。而未经整合的碎片化知识，久而久之只能成为库存。如何提升系统集成能力？我认为碎片化的积累与经典阅读同步推进、边阅读边思考是最佳途径。

三是明辨是非的能力。信息时代获取信息的最大障碍，就是我们所面对的海量信息。身处瞬息万变的互联网时代，面对众声喧哗、众说纷纭，很容易迷失自我。网络世界遍地是知识，处处是信息，充满了梦幻，但也充斥着谣言、暴力和精神鸦片。因此，保持清醒头脑，能够明辨是非，是成大事者不可或缺的功底。那些人云亦云，缺乏足够判断力的人将永远是时代的陪衬者。

四是文字表达的能力。时代在飞速发展，从文字时代走向读图时代，又从读图时代迅速来到视频时代。有人认为，在这个时代，文字功底已经显得没那么重要。我认为，这个观点是极度错误的！视听语言永远取代不了文字表达，文字功底永远是基础。文字表达能力是你们在大学期间必须掌握的核心技能，文章在很大程度上代表着一个人的气度，体现一个人的核心竞争力。学校当前对文史哲越来越重视，对毕业论文质量的要求也越来越高。希望你们不要输在文字表达上，要有意识地提升对文字和语言的驾驭能力，以大量的经典阅读为积淀，以良好的思考习惯为支撑，不断作文实践。中传学子，不论学什么专业，都要写得一手好文章！

同学们，面对高等教育正在进行的这场革命，面对传媒业态正在发生的天翻地覆的变化，学校一直在深入思考，积极应对。教育部宝生部长曾经指出，要“加快布局未来战略必争领域的人才培养，推动并引领新一轮产业变革”。在文申书记的领导下，学校紧紧围绕全面落实“立德树人”这一根本任务，以变应变、变中求稳，擘画了“六位一体”的系统办学理念及举措，全面布局新时代学校的大发展。

确立一个培养目标：培养党和国家所需要的，能够应对未来媒体挑战、驰骋于国际舞台，“弘道崇德、经世致用”的传媒人才。

明确两大主攻方向：瞄准“智能传媒和国际一流”，全面布局智能融媒体教育，推动新工科、新文科建设，朝着世界知名高水平传媒大学的奋斗目标迈进。

打造“三质量”建设工程：以提升“管理质量、教育质量、工程质量”为统领，着力打造“中传质量”品牌，提升整体办学水平。

开展“四个一批”专业建设：通过“关停并转一批、升级改造一批、重点建设一批、规划设计一批”，全面优化一流本科专业布局和研究生专业建设。

实施“五个一流”教育质量提升工程：通过实施“一流生源、一流师资、一流课程、一流教材、一流毕业生”建设工程，系统实施一流本科教育。

践行“六个维度”育人模式：通过“用马克思主义铸魂、用爱国情怀强基、用人文素养修身、用国际视野拓界、用特色项目托举、用未来媒体创新”，培养德才兼备的卓越传媒人才。

同学们，“弘道崇德、经世致用”是中传鲜明的育人特色。中传要培养的不是独善其身的“精致的利己主义者”，而是立德修身、追求真善美的大爱之人；是兼济天下、具有家国情怀、能够担当民族复兴重任的大写之人；是不忘初心、知行合一、经世致用的实干之人。

如何实现这一目标？大学时光至关重要。记得在去年的开学典礼上我曾说过，面对大传媒时代的到来，希望同学们早做准备，抓住大学这一关键时期，从三个方面来提升自己。一要塑品格，塑造优秀的品格永远是大学期间的核心任务；二要补短板，全面分析自己在思维、行为、性格、习惯等方面存在的不足，找平自己的短板；三要立长板，立专业能力的长板，立胸怀、眼光、格局的长板。

我还说过，如果大学可以重来，我会努力夯实自己的人文功底，尤其是国学素养；我会培养一两项自己酷爱的运动爱好，坚持锻炼身体；我会更加珍惜同学之间的情谊，珍惜与大家相处时的美好时光；我会有意识地坚持不懈，培养更多的好习惯。无论做什么事情，只要坚持下去，岁月会把它变成你的行为习惯。

同学们，我希望这些体会能成为有助于你们成长的经验，希望你们坚持下去，不断挖掘自己的潜质，让自己变得越来越优秀。

如何才能做到？我认为首先必须丢掉几样东西：

一是丢掉你的狭隘。狭隘之人，见不得他人的成就，听不进善意的劝解，容不得半点批评，不能正确看待他人和自己的得失，注定生活在苦闷之中。

二是丢掉你的短视。短视之人，急功近利，执着于眼前的得失，看不到广阔的天空，看不见长远的未来。许多才华横溢的学子因此而未能赢得未来，令人惋惜。

三是丢掉你的懦弱。懦弱之人，总是瞻前顾后，害怕改变。信息时代，机遇稍纵即逝。懦弱之人，纵有创新之才，却无创新之胆，机遇几乎与他们无缘。

四是丢掉你的急躁。急躁之人，处理问题时易冲动，很难管理好自己的情绪。急躁是对创造力的致命伤害，因为“急”而忽略了观察、弱化了感受，放弃了思想和心灵的交流，容易失去判断。在事业的大道上，“急躁”经常与“功亏一篑”结伴同行。

五是丢掉你的拖沓。拖沓之人，想得多、做得少。有的人才思敏捷，但做起事来却能拖则拖，并且总能给自己找到拖的理由。错过时机之后才发现，不是我不行，而是我本可以。拖沓一旦成为习惯，你就会不断失去机会，甚至失去诚信。

同学们，请好好审视自己，看看自己身上有没有这几样东西。如果有，请痛下决心，坚决把它丢弃。

在丢弃的同时，希望同学们收获几样东西：

一是收获坚守。习近平总书记在福建宁德工作期间曾提出“滴水穿石”的工作作风和精神品格，“坚硬如石，柔情似水——可见石之顽固，水之轻飘。但滴水终究可以穿石，水终究赢得了胜利。”

同学们，滴水穿石，并非水滴的力量，而是岁月的力量！坚守的力量！优秀的养成需要一个长久而持续的积累过程，人与人之间最大的差别就在于能否坚守。世界上最长的路在脚上，只要坚持走下去，就一定能够达到理想的彼岸。

二是收获格局。一个人的眼界、胸怀和志向，构成他的格局，决定着人生的上限。视野有多远，格局有多大，未来的路就有多宽。

同学们，心的志向决定脚的方向，看得够远，才能走得够远。希望你们从现在开始，要有意识地系统训练自己的宏观、中观、微观思维能力，要加强战略思维的培养，不纠结于眼前的利益得失，让人生走向无限可能。

三是收获志趣。志趣是一种长久坚持的热爱，是牵引、是动力。孔子曾说：“知之者不如好之者；好之者不如乐之者。”

同学们，大学是发现志趣、培养志趣的关键阶段。崇高的志趣一旦养成，你就具备了做一个幸福奋斗的传媒人的基础，你将快乐一生。

四是收获自觉。我曾经说过，沟通能力十分重要，但在互联网时代，独处的能力尤为重要。在这个时代里，如果一个人善于独处，在独处的时候能做到慎独，我认为他一定具备了成大器之先决条件。在独处时能够自觉把控好自己，那才叫品格，那才是本事。

同学们，希望你们好好磨砺自己的品格，从一点一滴做起，逐步养成思想上的自觉、行动上的自觉。

五是希望女生收获知性，男生收获血性。对于女生来说，最美莫过于知性美，知性善良的女孩儿最美丽，外貌美只是一时之美，知性美才是永恒之美。中传女生应坚持将知性作为人生最美的底色，用知性和善良去触摸世界。

对于男生来说，应当具备血性。血性，是男人的本色，从某种意义上说，也是民族的脊梁，是民族的希望！中传的男生们，希望你们做血性男儿！敢于担当，敢于作为。

同学们，以上这些，说来容易，做好很难。但是，只要你一条一条地比照去做，就成功了一半。做的过程中，你的许多未知的优点会慢慢显现出来，随着时间的推移，你会发现自己原来如此优秀。我认为人这一辈子，必须知道自己到底有多优秀！不去做，你怎么会知道？一个人原本是块璞玉，竟然被自己埋没。人生之憾事，莫过如此。

同学们，大学是一条跑道，起航你的精彩人生；大学是一个熔炉，锻造你的理想三观；大学是一座灯塔，照亮你的前行道路。选择一所大学，就是选择了你的未来，选择了你的心灵港湾。

每当辞旧迎新之际，我都会想起我上学时的广院。那时候，咱们的学校还不叫中传，校园不大，人也不多。但是那时的我和你们一样拥有最宝贵的青春年华，那段朴实无华的快乐时光一直承载着我迄今最美好的记忆。

我清楚地记得当时学校小礼堂的外墙上写着这样一句话：这里是终点，也是起点。这是一句伴随了无数广院人的名言，寥寥几个字，却点亮了一茬茬学子的心灯。作为初入大学的我来说，这里是高中阶段的终点，也是大学时代的起点。我想，这句话之所以让我念念不忘，是因为它告诉了我一个最为朴素的道理：面向未来，活在当下；永怀初心，努力前行。

对于中传校友来说，这里是他们在母校学习的终点，也是他们事业的起点。校友们唱响了传统广电时期传媒乐章的主旋律，他们是母校的骄傲。希望你们以他们为榜样，在未来智能传媒的舞台上奏响新的乐章。

同学们，“人生万事须自为，跬步江山即寥廓”。希望你们从现在开始，树理想、定规划，开始体验人生之旅的艰难困苦，享受收获之时的开心快乐。你们的青春航向由你们自己把握，你们的人生蓝图由你们自己绘就。

同学们，请记住，在大学时光中：

每一个不曾阅读的日子，都是对大学的辜负；

每一个不曾思考的日子，都是对存在的背离；

每一个不曾锻炼的日子，都是对未来的敷衍；

每一个不曾自省的日子，都是对灵魂的放纵。

同学们，奔跑吧，去拥抱自己的优秀！希望你们珍惜春光、不负时光，步步风华！

（本文为作者在中国传媒大学 2019 级新生开学典礼上的致辞）

不负北大不负天

孙陶然
拉卡拉集团董事长

尊敬的刘俏院长、化祥书记，各位老师，各位同学：

大家好，我是 1987 年入学的本科生校友孙陶然，当时我就读的是光华管理学院的前身——北京大学经济管理系，很荣幸受院方邀请，代表校友来参加光华管理学院 2019 级开学典礼。今天我要和大家分享的题目是“不负北大不负天”。

既然上天让我们选择了北大，北大也选择了我们，我们就应该好好把握住这个机会，很好地度过北大四年的学习生活，并且为未来活出精彩的一生夯实基础，上不负天下不负地，不负北大不负我们自己。

今天这个日子，当然首先要祝贺诸位从天南海北四面八方、千军万马过独木桥考入北京大学，考入光华管理学院。北京大学无疑是中国最难考的大学之一，光华管理学院又是北大中最难考取的院系，诸位能够被录取当然可喜可贺。

理论上，今天是诸位大喜的日子，显然应该说些吉利话，泼冷水应该是不受欢迎的，但我还是想泼一瓢冷水给诸位，谁让咱是北大人呢。

这瓢冷水就是：诸位考入北大，只能说明诸位应对高考的能力一流，并不能说明诸位是国之栋梁，甚至都不能说明诸位天资聪颖，如果想要成就精彩的人生，还需要正确地度过未来在北大的四年。

高考是应试教育的产物，只要你天资中上，并且比同龄人更早地知道要应对高考，高一就以“距离高考还有1000天”的信念训练，也可能考出高分。高考赢家并不必然是人生赢家，人生是一个很复杂的动态过程，并不像高考一样，有明确的科目、明确的考题范围，人生的考场，考的是“世事洞明皆学问，人情练达即文章”，甚至是运气。

而且，正因为诸位高考成绩出色，应试教育在各位身上留下的“后遗症”很可能也是最显著的，这将是诸位未来成长的不利因素，如果不能有效加以剔除，各位作为高考赢家很可能会变成人生的输家。

好在诸位来到的是北大，如果说中国还能有一所大学能有效剔除应试教育在诸位身上留下的“后遗症”的话，那只有北京大学。

仅从考试分数而言，诸位是踩着同样的起跑线进入北大的，未来四年也将在同样的天空、同样的校园、同样的老师、同样的课程之中度过，但我可以明确告诉诸位，四年的北大生活结束后，诸位一定不在同一个起跑线上，一定是有人领先，有人落后，造成这种差别的原因也很简单：就在于未来这四年诸位将如何度过。

如果未来四年你刀枪入库马放南山，每天只是醉生梦死60分万岁，四年之后你一定输在起跑线上；如果你把大一当作高四，还像高中一样，瞄准四年以后毕业要出国、要考公务员或者要去外企，从大一开始就为此选课、做实习计划，等等，四年之后你也一定输在起跑线上。

未来你的人生之路走成什么样，与大学四年里你能否获得未来“我命由我不由天”所需的能力紧密相关。

那么问题来了，大学四年应该怎么过呢？

我的建议首先是可以谈一场恋爱，这是大白话、大实话、大真话，大学时代是人生最美好的四年，北大校园里这么多才子才女，北大校园如此优美，不谈个恋爱实在太浪费了……

诸位不要笑，这就是人性，记得有人说过，没有人性哪有德性，的确如此，人性是最本真的，只有把人性发挥到极致才谈得上人生。

我历来主张，人生什么阶段就该做什么事，幼儿园就应该两小无猜、青梅竹马；初中就应该有少年维特之烦恼；高中就应该竭尽全力为自己谋求一个更好的大学；大学时代当然就应该尽情地谈恋爱，当然还要为踏入社会做准备，而且这种准备不应该是特别具象的狭义的准备，应该是广义的、站在人生和人性高度上的准备。

人生就像一列直奔终点的永不停息的列车，每个人从一出生开始就进入了一个死亡倒计时，有的人是 70 年，有的人是 80 年，有的人是 120 年，只是时间长短不同，结局都一样，当然还有一个不同，就是当人生结束时，回首往事，如果遗憾少少欣慰多多，你的人生就是精彩的、不虚度的，反之就是遗憾的、虚度的。

当然，大学里不能仅仅是谈恋爱，如果这辈子你想活成自己心中的样子，在大学里你还需要关注三件事：

第一件事，关注三观。

世界观、价值观和人生观，应该是在高中时代就萌芽和明确的，可惜我们的教育体制让多数人只是在忙于应考，并无这方面的培养体系。

也许有些同学已然明确了自己的三观，那恭喜你。很多同学还没有明确，请务必抓紧，这是未来四年你们大学生活最重要的一件事，绝对重要过你们的功课和谈恋爱。

越早明确自己的三观，就越可能活成自己想要的样子。

可悲的是，很多四五十岁的人其实三观还都不明确，或者自己以为很明确了其实并不明确，正因如此，他们一直在随波逐流、听天由命，以及人云亦云。

如何看待这个世界？对和错的是非标准是什么？要如何度过自己的这一生？

不要小看这三个问题，也不要以为你已经完全懂了这三个问题，这是决定我们一生是否成功、是否快乐的根本问题。遗憾的是，大多数人的三观不能说是不正的，但至少是不清晰的，所以他们的人生过得一团糟。

刚刚沈教授讲到人每天要做 45000 个决定，当然大部分都是下意识的，但人生的每一个大决定，决策的根源都是自己的三观。就像我的人生观是：人生是一种体验；温暖他人成就自己。这个人生观决定了我每把一个企业带到稳定的高度就会交给合伙人，然后自己再去创办一个跨界的全新企业，所以我成了连续创业者……我的人生活成今天的样子完全是由我的三观决定的，每个人的人生都是由其三观决定的。

如果你的三观清晰明确，你人生中每一个决定就会正确无比，至少是适合你的和你想要的，你就会活成你想活的样子；如果你的三观不清晰不明确，你的每个决定就会是随机的、无头绪的，甚至相互矛盾的。

人生的最高境界是活成自己想活的样子，而越早想清楚你想活成什么样子，你就越有可能活成你想活的样子。

在我看来，大学里的首要任务，是明确自己的三观。

虽然三观是每个人自己的选择，别人无权指指点点，但还是存在普世价值和普世答案的。

例如，如何看待这个世界？有的人认为这个世界就是一个弱肉强食的世界，也有人认为这个世界非黑即白。坦白地讲这些看法都不够正确，会直接影响你的价值观进而影响你自己的人生观。

世界观，要遵循逻辑和常识。

这个世界本质上是有逻辑和常识的，不合逻辑必有问题，超越常识就是骗局。

所谓逻辑，就是有因才有果，有因必有果，无因不会有果；所谓常识，就是水往低处流，天上不会掉馅儿饼。

价值观，要遵循人性。

温良恭俭让，同情心、同理心，都应该是我们遵循的，必须先问是非再问成败，必须有“枪口抬高一寸的良知”，这应该是普世、正确的价值观。

“枪口抬高一寸”，这是一个真实的故事，东西德统一后，法庭审判了曾经向想从东德越界逃到西德的平民开枪的边防军士兵们，士兵们辩解说他们只是在执行命令，军人以服从命令为天职。法官判决士兵们有罪，因为开枪是执行命令，把枪口抬高一寸是良知。

人生观，要遵循以下两点：活成自己想活的样子；让世界因你的存在更美好。

怎么都能过一辈子，怎么都是一辈子，但我们这一次来到这个娑婆世界，还是应该尽可能活成自己想活的样子，并让世界因为我们的存在而变得更好一点，这是每一次记者问我此生最满意自己的是什么时我的标准答案。

第二件事，关注认知体系的建立和态度。

重要的不是记忆一大堆知识点，也不是死读一大堆书，而是构建起自己的认知体系，对任何问题，都形成自己的理念、方法和工具，不迷信、不盲从任何人、任何说法。

不要有人说什么就接受，不管对方是多大的腕儿或者对方声称的理论有多大的来头，都首先用你的认知体系与之比对一下，至少用常识和逻辑比对一下，然后再决定接受不接受。

认知体系的顶层是世界观、价值观和人生观，在此之下，恋爱、婚姻、朋友、事业、经营、管理……生活和工作的方方面面、每个问题，都应该有自己的认知，从理念到方法到工具，如果都有自己的认知，你的生活和工作就会游刃有余，通透而知天命，随心所欲而不逾矩。

所谓的态度是我们工作和生活的态度，态度决定一切，最好的态度是把自己做的每一件事都当作自己的事来做。

著名经济学家弗里德曼曾经讲过："花自己的钱，办自己的事，既讲节约，又讲效果；花自己的钱，办别人的事，只讲节约，不讲效果；花别人的钱，办自己的事，只讲效果，不讲节约；花别人的钱，办别人的事，既不讲效果，又不讲节约。"

如果把事情当作自己的事来做，一定既讲节约又讲效果，一定会竭尽全力，不达目的誓不罢休，这种态度已经超越了 80% 的人。

这个世界，大多数时候并不需要走到比拼能力和资源的地步，比拼态度就足以分出胜负了。这是一个很简单的道理，可惜很多人就是不懂，也做不到，如果你能在大学生活里悟到这一点，你已经领先在起跑线了。

第三件事，关注你的同学。

大学里同学的概念，绝不仅仅局限于本班、本系，也包括跨系跨年级的同学，尤其在北大，所有的同学都是人中龙凤，与同学的交往，本身就是一个学习的过程，也是一个结交朋友形成人脉的过程。

我在北大读书时是 20 世纪 80 年代末，那是一个改革开放热血沸腾的年代，当时北大校团委办了一个虚拟的"北大团干部培训学校"，简称"团校"，把各系各年级的团支部书记和班长等干部组织在一起培训。不知道今天的北大团校是否还在延续，这是一个非常好的形式，北大同学本来就是来自全国的人中龙凤，团校又把北大精英中的精英集结到了一起，即便什么也不做，大家彼此之间的交往和感染就足以让每个人受益匪浅。我是五期团校的学员组长和六期团校的辅导员，团校让我们一九八七级各系之间以及与上下级同学之间的联系空前紧密，我可以告诉大家，时至今日，我生活中的玩伴、事业上的同伴和业务上的伙伴大多数都是北大同学。

北大优秀校友遍布全球，虽然与隔壁相比，我们可能过于追求特立独行而不够抱团，但北大人之间的香火情这些年越来越浓。北大人历来是特立独行有余而抱团不足，为了促进北大同学之间的抱团，2011 年，我和俞敏洪、黄怒波、厉伟、侯松容等同学一起发起成立了北京大学企业家俱乐部（ECPU），宗旨是我草拟的：行业先锋，道德为本，北大精神，共同成长。就是希望以优秀校友为核心，鼓励大家坚守道德底线，各自进取，同时弘扬独立之精神、自由之思想的北大精神，相互鼓励相互扶持，共同成长。

北大给了你一个同学圈子，这是比你的学分更重要的财富，你要去融入，不要在北大待了四年，人却好像没在北大同学中存在过。

今天是诸位开学的大喜的日子，本不该说这些似乎有点儿扫兴的话，但我还是要说，因为我特别希望诸位北大的四年不虚度，哪怕用来谈恋爱，也不要在精致的小日子中浪费掉生命。

当然，今天这个日子，似乎更多的应该是谈情怀。所谓情怀，就是未来的而非现在的，他人的而非自己的，精神的而非现实的，北大之所以为北大，就是因为一百多年来，每一代的北大人都充满着情怀。历代北大人的主流就是关注未来、关注他人和社会、关注精神层面的人，那些只是关注现在、关注自己、关注物质的人，不是典型的北大人，也不配做北大人。

如果有机会，情怀还是在诸位的毕业典礼上再谈吧，因为情怀是需要实力做支撑的，没有实力而谈情怀，只是痴人说梦罢了，希望诸位四年的北大生活能够为自己未来追求情怀奠定实力。

理论上，人生选择哪一种活法的权利在于你自己，因为每个人在这个世界上的生命只有一次，没有人有权力替你决定该如何活，但是既然选择了北大，身为北大人，选择的权利也就并不完全属于你，你需要配得上“北大人”这三个字。

于公于私，北大都不是过小日子的地方，若把在北大的四年时间用在如何让自己未来的小日子更美满上。于私而言，你浪费了就读北大的机会；于公而言，如果北大人也变得只关注自己的美满小日子而不关注情怀了，那绝对是这个社会的悲哀。

虽然开心是一天不开心也是一天，怎么过都是一天，但是今天不同的过法决定了明天不同的未来。祝愿诸位从今天开始，在北大度过美好的四年时光，不仅仅是生命中最美好的四年，也是奠定自己人生基础的四年。

每个人都活好了，这个世界就好了，让我们北大人从我做起，穷则独善其身，达则兼济天下。

（本文为作者在北京大学光华管理学院2019年开学典礼上的致辞）

做自律、自信、自强、自修的经院学子

杨瑞龙
中国人民大学一级教授

在座的有本科生、硕士生、博士生，如果针对三者都讲的话，可能会讲得有点空、有点大。后来我想，我还是给本科生讲一点感想吧。在座的有两百多位本科生加入人大的经院。大家刚刚从中学迈入大学，办完入学手续就变成大学生了。你们的身份是大学生，但是你们是否做好了当大学生的准备？今天我以一个老大学生的身份，针对你们这些刚刚踏进大学校门的新生谈谈我的一些经验与大家共享。我想送给你们八个字四个词。

第一个词叫作自律。

你们在中学里都很优秀，也很努力，但你们当初都是在家长的督促之下，在任课老师和班主任的督促之下奋发图强的。早上起来，有老爸从被窝里揪你出来，老妈给你做早餐，然后开着车子送你上学。到了学校，有老师给你安排学习计划，班主任与任课老师督促你上课与自习。但是到了大学，你发现没有家长给你无微不至的照顾，也没有老师追在你的屁股后面。所以到了大学，你一定要养成自律的习惯，从被动学习到主动学习，自己严格管理自己。在这方面，你们要做好思想准备。早上起来，没有人来叫醒你了，也没人把早饭端到你面前，如果早上起来耽误时间，你可能就要饿着肚子去上课了。课后也没有人来督促你上自习，你要打游戏、玩电脑，也没有人管你。在这个时候，你要自己对自己严格要求，进行自我约束、自我管理。“自律”这两个字很重要。往往很多时候，我们就输在不自律。到保研的时候，你发现别人绩点3.47，自己3.36，为什么差这几点几呢？很可能是因为第一年你没有好好学，你可能经常玩游戏玩到深夜，早上睡懒觉，时常翘课，学分绩点掉了下去，好多挂科都是发生在第一学期。所以，一入学就要养成自我约束、自我管理的习惯，不要疏于管理。虽然我们有班主任，而且说实话我们经济学院的班主任还是挺认真负责的，但是即使这样，班主任也不会像中学班主任那样时时处处管着你。所以，同学们一定要自律。

第二个词就是自信。

在座的各位能考上经济学院，都是所在中学的佼佼者，在班上成绩名列前茅，都是家长与老师眼中的好学生。但是到了经济学院，你会发现高手林立。一到考试的时候，很可能出现：全班只有四十多人，我怎么会考第三十名？在中学的时候，我可都是前三名。在高手的竞争中，即使遇到挫折与困难，也不要气馁，更不要自卑，要勇于面对挫折、面对困难，努力向上，不要打退堂鼓。我们经济学院的本科培养方案有A与C两个方案，如果你选择了A方案，就要学数学分析，尽管你在高中的时候数学很厉害，但是数学分析的难度还是很大的。你是不是有面对挑战的勇气呢？学数学对于学好经济学是有好处的，我希望大家还是多学习一点数学。希望大家要有自信。

第三个词就是自强。

刚才刘校长给大家提出了具体的要求，要达到要求就要给自己立下比较高的目标。人无目标茫茫然，人无压力轻飘飘。进入人大经院，你就要立志成为国民表率、社会栋梁。假定你以后要在商界闯荡，马云等就是你的榜样；假定你以后要在学术界拼搏，卫兴华、厉以宁等教授就是你的楷模。不想当将军的士兵不是好士兵，没有远大理想的学生难以让自己有持续攀登的动力与激情。进入经济学院，没有远大的志向，你就对不起这样的学院。当然，以后不可能人人都能成为像马云那样成功的企业家，或者像卫兴华、厉以宁教授那样的经济学家，但奋斗过程本身是非常重要的。为此，你们一定要向着心中的目标不断奋斗、不断进取。要自强，就要自我加压、自我激励，要对自己提出更高的要求。

最后一个词就是自修。

自修包括知识的修炼及自身的修身养性。进入大学后，虽然经济学院有教学方案，但你们依然具有很多自我选择的空间。在选择的过程中，不像中学那样有老师帮你们事先安排好。我们的培养方案中有公共课、专业必修课与选修课，你到底应该怎样选课呢？作为经济学院的学生，我们还是要重视宽口径、厚基础。要多学习一些“无用之用”的课，那些“有用”的课少学一些也无妨。在座的有一些同学可能希望将来从事金融行业，即使你不选择一门金融课，你只要把数学、经济学、统计学、会计学这样的基础性课程学好，将来也会是干金融的一把好手。还有一些史学类的基础课程也非常重要，比如经济思想史、中国经济史、世界经济史等，这些课都是非常好的课，但是学起来可能比较乏味、枯燥。当然，像数学这样的基础课也非常重要。所以，我们本科的时候要多学一些“无用之用”的课，不要想着今后干什么就要学什么。大家在选择知识结构的过程中，眼光要放长远，多学一些基础的课程。

大家不要仅仅满足于课堂教学。课堂里的知识点是很重要，但大家一定要善于利用第二课堂，一个好大学往往通过第二课堂给同学们带来更多有价值的知识。比如，上完一门课后，你不去看几本参考书，不去看十篇以上的参考文献，你这门课肯定很难学好。老师课堂上讲什么，你就记什么，记完之后再去背，然后考个好成绩，这肯定是不够的。你必须要善于利用图书馆和网络资源，去多看参考书和参考文献。

除此以外，我们经济学院给大家准备了丰富的课外的东西。比如，有很多名家来讲座，有很多成功的院友来讲座，有很多社会实践活动供大家参加，你是否会积极参加？

自修的另外一个重要内容就是要修身养性。在座的同学智商都很高，但为什么走到社会上有的人很成功，有的人不太成功呢？其中一个重要原因就是情商上的差异。情商与智商同样重要，甚至更加重要，情商是可以通过自身的修身养性来提高的。在座的很多同学都是独生子女，长期以来都是被特别关照的对象，大多以自我为中心。所以，同学们除了要重视智商训练之外，更重要的是重视情商的培养。一个同学有不错的智商，如果他再有一个不错的情商，就能保证他未来的成功。

那如何自修呢？来举一个简单的例子。一个宿舍中六位同学来自五湖四海，聚到一起。如果六个同学都不会包容、谦让，不会从对方的角度考虑问题，遇到矛盾不会化解，你们以后怎么会成功呢？如果经过四年的共同生活，你们学会了理解、包容、体谅、换位思考、相互帮助等，最终六个男生变成铁哥们儿，六个女生变成铁姐们儿，这意味着你们的情商有了，今后成功的概率就大大提高了。如果六个男生最终变成仇敌，六个女生天天吵来吵去，毕业后走向社会、融入社会的能力也不会太高。每个人肯定都有不同的爱好、不同的性格和不同的生活习惯，那怎样来体谅、理解对方呢？遇到问题，怎么主动去沟通？这就关系到情商的训练，关系到自修。

今天我以一个老大学生的身份，送给大一新生八个字，自律、自信、自强、自修。谢谢大家。

（本文为作者在中国人民大学经济学院 2019 级新生开学典礼上的致辞）

为学以严成大器

杨勇平

华北电力大学校长

亲爱的2019级新同学，尊敬的各位来宾、各位家长、各位老师：

大家上午好！

今天，我们在这里隆重举行2019级新生开学典礼，热烈欢迎6163名本科生、4090名研究生和447名留学生正式加入华电大家庭。在此，我谨代表全校师生员工，代表党委书记周坚同志，向同学们以优异成绩圆梦华电表示衷心的祝贺！向多年来哺育和守望你们成长成才的家人和师长们致以崇高的敬意！

大学是人生最为关键的旅程，同学们选择华电，就意味着选择了青春梦想的舞台，选择了充满光明的未来。作为新一代的"华电人"，希望大家认真品读华电、尽快融入华电、衷心热爱华电。在这里，我要告诉同学们，华电有着自己独特的气质、独特的品格、独特的文化，她博爱包容、严谨务实的内涵，创新自强、和谐有序的品质，追求卓越、远眺未来的愿景，有待于同学们在今后的日子里慢慢地用心品味。

今天的华电，正以蓬勃的发展势头，向着特色鲜明、高水平研究型大学办学目标阔步前行。在学校发展的关键节点，迎来青春朝气、睿智自信的你们，为甲子华电注入了新活力、提供了新动力、增添了新魅力，让我们对学校的美好前景更加充满自信！

同学们，你们所期待的大学生活虽然丰富多彩，但是关键词只有一个，那就是“为学”。为学之要，贵在勤，勤铸辉煌；为学之道，贵在严，严成大器。“为学”是同学们托举青春梦想、成就精彩人生的基石。下面，我想围绕“为学以严”这个话题，谈一谈我的理解和认识，希望能对大家有所启发和帮助。

首先，让我们来分析一下为什么要“严”。同学们，大学的根本任务是立德树人，要以德修身、以智启真、以体强身、以美塑心、以劳立行，只有把“严”字贯彻始终，才能真正培养国家的栋梁之材。为学以严是时代的召唤、教育的本质要求，也是学校办学的责任。

你们这届新生，本科生“00后”的比例超过了95%，研究生也大多为“95后”，你们出生与成长在中华民族迈向复兴的最好时期。你们从入学到今后毕业走向社会建功立业的人生黄金时期，恰逢党和国家实现“两个一百年”奋斗目标的战略期，因此同学们有着时代所赋予的无与伦比的发展机遇期。你们是“两个一百年”建设的排头兵，是实现中华民族伟大复兴的生力军。历史的重任责无旁贷地落在了你们的肩上，你们生逢其时，也任重道远，不严无以堪当时代重任，不严无以承担历史使命。

为学以严，充分体现着教育的本质要求。为学是个艰辛的历程，要想学有所成、研有所获，绝不是敲锣打鼓、轻轻松松就能够实现的。2018年，针对“玩命高中、快乐大学”等不合理现象，教育部出台了“新时代高教40条”，提出要合理提升学业挑战度，增加课程难度，拓展课程深度，严格把控毕业出口，坚决取消“清考”制度等，对大学生本科阶段的教与学提出了一系列明确要求，目的是要让管理严起来、让学业难起来、让课堂活起来、让活动实起来、让学生忙起来、让人才培养质量更高起来。从这个意义上说，考上大学并不意味着就进入了“保险箱”，任何终于可以松口气或者歇歇脚的想法，都是十分危险和不切实际的，都是与时代发展和国家要求相背离的。同学们，“严进严出”向来是国内外名校的普遍共识，严的背后是深层次的爱。华电是教育部直属的国家“双一流”建设大学，办一所特色鲜明的高水平研究型大学，是华电人在新时代的梦想；办一所负责任的大学，是华电人一贯秉持的办学理念。

我们要培养的是能够为国家发展、民族复兴和社会进步做出贡献的卓越人才，坚持以严立教、以严促学、以严育人，努力让每个孩子都成长成才，这是国家的要求，是学校的天职，更是家长的期盼。

为学以严，是华电学子应有的本分，如果在大学期间自我松懈、降低标准，得过且过、碌碌无为、虚度岁月，我们培养的人才就可能成为半成品，甚至会中途退场。因此，不严无以满足国家和社会的选才要求，不严无以实现我们的人才培养目标，不严无以确保同学们顺利成才。严，既是对国家负责、对社会负责，更是对同学们及你们的家长负责。

其次，让我们来梳理一下应该从哪些方面“严”。教育是教育者和受教育者相互作用的过程，为学以严包含着外在的“严”和内在的“严”。学校和教师的严是一种外力，最本质的严还是同学们自身的自我管理和自我约束。为学以严是立体的、多维的，我想至少包含以下三个方面：

一是修身要严。习近平总书记把“先从修身开始”作为自己的座右铭，我国古代先贤主张“修身、齐家、治国、平天下”，也是把“修身”摆在首位的。历史和现实告诉我们，一个人能够有多大成就、能够走多远，知识、能力、毅力等固然重要，但最终起决定因素的是“德”，“德”是修身之根本。面对国家强盛、民族复兴的迫切需求，面对时代变革、社会发展带来的巨大挑战，在未来成长的道路上，希望同学们时刻把立德修身作为第一要求，“扣好人生的第一粒扣子”，在严以修身、严以律已中锤炼高尚品格、砥砺奋进成长、勇担时代责任。

二是学业要严。习近平总书记一再强调：大学是立德树人、培养人才的地方，是青年人学习知识、增长才干、放飞梦想的地方。学习是学生的天职，只有始终坚守学的本分，回归学的常识，才能固本强基，行稳致远。多年来，学校始终把人才培养特别是本科教育放在学校工作的核心地位，努力从软硬件建设等各方面为同学们提供良好的学习环境，同时也在严管严抓教学秩序、提升学业挑战度、督促学生进行严格自我管理等方面不断加大力度。例如学校明确规定：“本科生学年取得学分不足学年总学分 30% 的将予以退学处理。”可以说，“严”这个字，将会贯穿你们在华电求学的始终。同学们，我校的高考录取成绩在全国排在 40 名左右，你们都是同龄人中的佼佼者，无疑已经具备了很好的学习基础和潜力，希望你们珍惜美好的大学时光，把勤奋学习作为一种责任、一种精神追求、一种生活方式，在为学以严中赢得主动、赢得优势、赢得未来。

三是律己要严。习近平总书记说：广大青年人人都是一块玉，要时常用真善美来雕琢自己，努力使自己成为高尚的人。宋代理学家朱熹有句名言叫作：“不奋发，则心日颓靡；不检束，则心日恣肆”，强调人要奋发向上，要学会自律。晚清名臣曾国藩一生坚持每天记录和反省自己的言行，被后世誉为律己的典范。我国历史上还有一大批有关励志和自律的典故，如废寝忘食、闻鸡起舞、凿壁偷光等，想必大家都耳熟能详。严于律己是成就自我的根本保障，只有坚持用自律校正自己的人生，才能步稳行健、登高远望，才能拥有绚烂的人生。在去年的校长奖学金颁奖典礼上，来自可再生能源学院的获奖者戴冰清同学的一段演讲，让我印象深刻。她在以“自律给我自由”为题的演讲中提到，通过“坚持晚上十一点半前睡觉、坚持考试周也不去通宵自习室、坚持凌晨五点半起床、坚持吃早餐和健身、坚持泡图书馆不带手机、坚持在校期间不使用任何视频及游戏 App、坚持上课坐在第一排……”，她最终收获了连续三年成绩及综合测评排名第一，成为 2018 年清华大学水利系接收全国各高校的六名保送研究生之一。戴冰清同学用实际行动诠释了“严于律己、坚持奋斗”给她带来的“幸福”和“成长”。同学们，管好自己，天下无敌。希望同学们用自律去筑牢人生的根基、改变人生的格局、实现更大的人生价值。

最后，让我们来认识一下应该如何“严”。对此，我想用三个关键词来概括，那就是“志大”“善小”和“力行”。

志大，就是要志存高远、胸怀天下。习近平总书记指出：“得其大者可以兼其小”，只有把人生理想融入国家和民族的事业中，才能最终成就一番事业。为学以严只有和崇高的理想有机结合起来，才能迸发无穷的力量，建立在理想之上的“严”才会有持久的动力，才会有真心的快乐，才会有坚韧的毅力，才会结出鲜艳的花朵。在今年7月公布的2018年度“中国大学生自强之星”名单中，我校共有六名优秀学子入选。他们当中有科学研究的佼佼者、有热心公益的志愿服务者、有携笔从戎主动到条件艰苦的南海西沙戍边的战士、有热衷创新创业的时代弄潮儿。在他们身上有着共同的闪光点：那就是志存高远的目标、家国天下的情怀、学无止境的探索、尽善尽美的追求。同学们，志向有多高，舞台就有多大，为学以严需要我们站在一个更大的坐标系内审视自己，把个人理想融入时代主题，将自己的小我融入祖国的大我、人民的大我之中，以大志向、大担当坚定百折不挠的进取意志，保持乐观向上的精神面貌，锤炼宠辱不惊的豁达心胸，让青春在与祖国同行、为人民奉献中闪闪发光。

善小，就是要注重细小、有恒成习。老子说：“天下难事，必作于易；天下大事，必作于细。”纵观历史上的任何成功者，无不起于平凡、始于具体、来于细小、归于执着。同学们，为学的细节并不是无足轻重的细枝末节，其实质是求真务实的科学精神，而这种精神的起点就是从小事出发、从细节入手，通过自己的恒心和毅力，把难以触摸的“素养”，变成可以培养的“习惯”，让好习惯伴随我们的一生，成为成长成才之路上的强大助推器。把为学以严落在实处，需要大家从认真听好每一节课、做好每一次实验、写好每一篇论文，珍惜每一次实践的机会开始，在历经不断的小有所成和越来越多的自我肯定后，就会厚积薄发，完成更大的挑战。这些在大学阶段积累起的无数小事和良好习惯，会让我们最终成为优秀的自己，从而成就更大的事业。

力行，就是要言行一致、行动果断。习近平总书记号召青年学生要知行合一，做真正的实干家。勇于开拓、敢于创新是青年的优势，但更为重要的是敢干、实干、善干，把志向变成现实。同学们，真正的自律不是我们“想”什么、“说”什么，而是去“做”什么、能“做”什么，为学以严，最终要落实到行动上。大家不仅要成为知识的接受者，更要成为自我实践者，实践中的创新者，在实践中发现自我，塑造自我，完善自我。平凡与卓越的差距，往往就在于梦想的征途上，积累起来的密密麻麻的实现与完成。故此我建议每一位同学，都能在大学生活之初，就养成任务规划的习惯，用项目管理的手段去管理自己的人生，定期检查自己时间的利用率和任务的完成率，切实把美好的梦想化为及时的行动。只要坚持每天都能往前走，每天都能比过去的自己更努力，就一定会不断取得进步和成功！

亲爱的同学们！你们在新中国成立 70 周年、五四运动百年之际踏入大学校园，这本身就非常有纪念价值和使命意味。从五四运动爆发到新中国成立，在 30 年的时间里，无数青年志士为挽救国家危亡实现民族独立，谱写了气壮山河的奋斗诗篇。2020 年，我国要全面建成小康社会；到 2050 年左右，将实现中华民族伟大复兴的中国梦。这又是一个 30 年，这 30 年归根结底是属于你们的。希望每一位同学都要不忘初心，牢记使命，坚定理想信念，自律实干有为，以自立自强的勇气，艰苦卓绝的努力，坚持到底的毅力，成为有理想、有本领、有担当的中华民族伟大复兴之路上的追梦人！

最后，衷心祝愿大家在华电健康成长，学业有成！祝各位老师身体健康，工作顺利！祝各位家长朋友事业顺遂，阖家幸福！

谢谢大家！

（本文为作者在华北电力大学 2019 级新生开学典礼上的致辞）

青春接力　筑梦前行

张宗益
重庆大学校长

亲爱的同学们：

上午好！高斋闻雁鸣，桂华秋皎洁，很高兴在这个美好的时节与大家相见。你们的到来，为秀美虎溪平添了青春灵动，更为弘深学府注入了蓬勃生机。祝贺大家如愿步入大学殿堂，欢迎大家选择重大筑梦前行！

能够亲自见证重大成为“90 后”的那一刻，你们无疑是幸运的，而我更看到这幸运背后，是“00 后”的你们日夜挥洒的汗水和坚韧不拔的勇气，它们点亮了你们的青春底色，让飘扬的“重大蓝”愈加生动光彩。同学们，5 个月前，也就是在你们紧张备考的日子里，重庆大学校旗正是从你们脚下的这片土地出发，开启了一场跨越全球 74 个城市的传递之旅。她承载着母校对远行游子的关爱与祝福，寄托着 40 万重大人对母校的思念与情愫，再一次向世人展现了九十载兴学报国的风雨从容。

1929 年，重大在救亡图存的时代呼唤中应运而生，从此便投身于“建完备弘深之大学”的迢迢征途。经受过物力维艰，遭受过战火纷乱，承受过牺牲悲恸，但她昂首不屈，百折不回，始终以“研究学术、造就人才、佑启乡邦、振导社会”

的责任担当，以“耐劳苦、尚俭朴、勤学业、爱国家”的笃实力行，为民族独立、人民解放和祖国富强培养了大批优秀人才，首创了累累学术成果，写就了树声西南、引领风尚的壮丽篇章。改革开放以来，重大更是紧紧抓住国家实施科教兴国战略、人才强国战略和三校合并的历史机遇，先后跻身“211 工程”“985 工程”重点建设高校和“世界一流大学建设高校”行列，开启了“对标一流、追求卓越、服务发展、引领未来”的新征程。

同学们，爱国奉献、自强不息，是一代代重大人砥砺青春、接续奋斗的真实写照。重大在 90 年的上下求索、革故鼎新中，淬炼了振兴中华、匹夫有责的爱国精神，涵养了崇尚学术、追求真理的科学精神，磨砺了勤俭朴实、吃苦耐劳的奋斗精神，锻造了锐意进取、勇于创新的时代精神，它们指引着我们执梦前行，成为弥足珍贵的精神财富。作为最年轻的重大人，衷心希望你们珍惜眼前际遇，以时不我待的紧迫感和责无旁贷的使命感，用心感受、认知、获取并传承重大精神的伟大力量，早日成长为九秩薪火的光荣接力者、新时代的勇敢追梦人。

筑梦前行，要弘毅笃志，做一名有目标的“实心人”。

“站得高”才能“看得远”。《朱子语类》有云：“为学须先立志。志既立，则学问可次第着力。立志不定，终不济事。”悬梁刺股、凿壁偷光、程门立雪、牛角挂书……这些与学习相关的成语，无一不是古人求学意志的象征。时至今日，大学生活的正确打开方式，依然是先为自己树立前行的目标。有的同学，很早便立定志向，以理想指引学习，对他们而言，学习就是世界上最快乐的事；而有的同学始终不知为何而学，“拔剑四顾心茫然”。同学们，“有志”才会“有心”，让我们点燃青春理想，坚定信念再次出发，永远不要做没有方向、举步不前的“空心人”。

苏轼说，“古之立大事者，不唯有超世之才，亦必有坚韧不拔之志”。崇高的理想信念是建功立业的明灯，也是慎独自修的警钟。九十年栉风沐雨，重大人正是恪守着“复兴民族、誓做前锋”的坚定信念，才将学校发展与民族、国家的前途命运紧密相连。你们恰逢在实现中华民族伟大复兴的关键时期步入大学校门，更要以“复兴民族”的前锋宏志，根系祖国、魂系民族、情系人民，主动担负起时代使命，立足“少年志四方”的抱负与志向，自强自立，实干担当，日后才不会嗟叹“韶华不为少年留”。

在“立大志、做大事”的同时，我还希望你们“立小志、谋小事”，把梦想具体化、把目标实心化。换言之，就是要在日常学习生活中，合理规划、设计属于自己的发展蓝图，并在实践中结合个人所学、爱好特长以及社会发展趋势，不断地优化“人生的小目标”。你们的学姐，新闻学院的白紫冉同学，自入学起就立志继续深造，并为此不懈努力。大一打基础，大二开始做科研，大三开始出成果……在获得 3 次国家奖学金、6 次甲等奖学金以及 30 余项其他荣誉后，她终于如愿以偿被推免为中国人民大学新闻专业研究生。你们的另外一位学姐，就读于弘深学院的杨正洁同学，立志于为推动新型能源发展而奋斗，大学四年一边夯实理论基础，一边通过实践锤炼科研技能，拿下全国节能减排大赛一等奖，并在今年夏天如愿收获了宾夕法尼亚大学、加州大学伯克利分校等八所世界顶尖高校的录取通知书。同学们，在仰望星空的同时，不要忘记脚立大地，理想与现实不会百分百契合，但要在二者的最佳平衡中，澄澈心思，修炼内功，摒除诱惑，迎接挑战，从而达成人生追求的新高度。

筑梦前行，要勤学慎思，做一名会学习的“明白人”。

大学是熔铸新知、传承文明的殿堂，也是启迪心智、塑造灵魂的圣地。重大学子素来以“勤学业”作为向学求真的根本，希望你们以前辈为荣，在优越的学习环境中，深潜学术，学思并进，历练专注，掌握独立思考、明智善辨的能力。

大学与中学存在着天然不同，在大学要培养家国情怀，养正人格品行，树立正确的价值取向，建立广博深厚的知识结构，历练融会贯通的思维方式，以实现科学精神与人文素养协调发展，最终消弭文理分科造成的知识结构的缺陷。你们的学长，建筑学院的陈飞樾同学，现已进入麻省理工学院建筑与都市研究学系继续深造。提及对建筑学的认识，他说："这个学科外延很广泛。一方面，建筑学中很多理论是针对基本的结构、形态，另一方面又会向社会学方向延展。"正是这种交叉融合、学思并行的学习方式，促使他突破了专业局限，从多维视角发现了学术理性与人文感性交汇的闪光点。

大学学习的本质，是学会如何在读书中思考，如何在思考中读书。到目前为止，读书还是世界上最好的学习途径，没有之一。值得注意的是，读书与思考唯有结合在一起，才会产生新质的"化学反应"。有的书会帮我们填补知识空白，有的书会帮我们架起不同领域的桥梁，有的书甚至会颠覆我们的世界，但思考会将书中传递的信息，通过融合、碰撞，吸纳进我们的知识体系中，最终为我所用。就像叔本华所说，只有通过自己独立思考获得的知识，才能融入我们的思想体系，成为整个思维体系的一个鲜活部分，并与整体保持一种完整、坚实的联系。我希望你们每一年能够阅读至少五十本老师列出的学业参考书，如果做到了，请告诉我，我会真心向你道贺。

筑梦前行，要身体力行，做一名重实干的"有为人"。

前行的目标一旦确立，其实现的关键就在于坚持和行动。把人生规划说得天花乱坠或想象得妙不可言，都不如躬行实干来得实际。我们不曾见到有谁能以"洪荒之力"轻松改变世界，却总能在现实中看到"铁杵成针"和"水滴石穿"的鲜活事例，就像我们经常作为人生榜样的那些重大人，他们无一不是勤奋、毅力、勇气、持之以恒的典范代表。挺进《最强大脑》全国十二强的材料学院的王德才同学说："你会发现有很多人，一直在做规划，把大部分时间花在想我要干什么，但从来没有去践行。所以我更愿意一步步来，做好眼前事。"步步为营的实干，远比心浮气躁的空谈，更显弥足珍贵。希望你们遵从内心信念，不舍十年寒窗苦读的韧性，始终以奋斗的脚步，铿锵的足印，追梦的劲头，向着未来全力以赴。

要将梦想变成现实，还必须秉持创新精神。创新始终是重大发展的核心动力，从第一座 35 千瓦短波电台的问世到第一台工业计算机断层扫描成像装置的诞生，从第一批棓酸塑料的研发，到让月球生长出第一片绿叶的“生物科普试验载荷”实验，重大因创新而日益精彩。创新的本质是追求真理，希望同学们在积淀广博知识的同时，秉守精益求精的治学要求，发扬不懈探索的实干精神，树立“不法古，不循今”的批判思维，勇敢面对挫折和失败，不惧挑战权威，大胆开拓创新，力争有所发现、有所创造和有所突破。

相对中学而言，大学是开放的、宽广的、活跃的，被老师家长呵护的、被动的学习方式和生活方式一去不复返，但这并不意味着你们从此可以“不羁放纵爱自由”，我希望你们守住初心，保持理想，理性思考，不要亦步亦趋地玩乐，不要随波逐流地游戏，不要浑浑噩噩地上课，不要人云亦云地交友，正确处理好现实世界和虚拟世界的关系，不要产生“自己比别人了解得更多”的幻觉。同学们，你们最大的优势就是年轻，最大的劣势可能也是年轻。因为年轻，你们标榜独立和自由；因为年轻，你们又很容易跟从大众和“潮流”。你们就如同璞玉，内心深处的美好是至纯至净的，只是在雕琢时，需要投入百倍的呵护。我相信重大一定能给予这种关爱，高质量立德树人。

同学们，身为青年，应“人人奋青春之元气，发新中华青春中应发之曙光”。百年前的民族革命，青年人勇举先锋火把，一往无前威震寰宇；七十年前的大国巍立，青年人高扬主力旗帜，前赴后继气贯长虹；今天的你们，更应汇聚磅礴的青春力量，以热血与担当共奏砥砺前行的时代和声。习近平总书记说，有信念、有梦想、有奋斗、有奉献的人生，才是有意义的人生。愿大家珍惜时光，继承与发扬重大精神，乘时代东风，担时代使命，以青春之我、奋斗之我，成就青春之重大、青春之中国！

谢谢大家！

（本文为作者在重庆大学2019级本科生开学典礼上的致辞）

让“学在海大”更具魅力

于志刚

中国海洋大学校长

老师们，同学们：

上午好！

在新中国成立 70 周年、中国海洋大学建校 95 周年之际，同学们从五湖四海来到中国海大园，给这所历史悠久、环境幽雅、有着“学在海大”美誉的学术殿堂又注入了新的活力。我首先代表学校热烈欢迎你们！

祝贺同学们经过刻苦努力，如愿以偿地进入中国海大，为实现自己的梦想拥有了一个很好的平台和无限的可能。但同时我也必须提醒同学们，要尽快从高考的兴奋中冷静下来，从中学的学习经验中摆脱出来，认真体悟大学学习的要求，逐步形成主动学习、自主学习、合作学习的能力，尽快适应大学的学习和生活。

刚才汪东风老师谈了三点期望：应当注重“全人教育”、注重自主学习能力、注重培养感恩和包容的胸怀。曲麟昊同学简要介绍了学校的历史和学科成就，分享了如何成为一名优秀中国海大人的自己的理解、体会和实践成绩。纪苏源同学也和我们分享了如何做一个中国海大人。这些，对同学们来说是很有启发的。

借此机会，我想和同学们谈一谈“求是、求博、求精、求新”的海大学风的理解，分享对“学在海大”声誉的理解，希望对大家尽快适应大学学习生活有所帮助。

大学学习，要抓住“求”这个总纲，它很好地概括了大学学习的基本特征，是大学学习的主线和灵魂。我们向贤者、向前辈学习，常说“求教”，这传神地表现了我们求知者对知识的渴求、对贤者的尊重。苹果公司创始人乔布斯在斯坦福大学演讲时曾经说过的“Stay Hungry，Stay Foolish”（虚心若愚，求知若饥），也有异曲同工之妙。大学学习一定不能是被动地灌输。“求”是主动、是探索、是追求，这十分生动地揭示了大学与中学学习方式的根本差别。希望同学们尽快从中学相对被动的学习方式中摆脱出来，逐步培养主动学习、自主学习、合作学习的能力，这是尽快适应大学学习生活的关键。

大学学习，首先在“求是”。求是，就要秉持求真求实的理性精神，如竺可桢先生所说“只问是非，不计利害”，勇敢地探索自然和人类社会的奥秘和发展规律。司马迁历经十余载撰写《史记》，“究天人之际，通古今之变”；牛顿在发现万有引力基本原理之后，又不懈探索二十多年，写出《自然哲学的数学原理》，奠定了经典力学的科学大厦；马克思历时40年，阅读了2000多册经济学著作，研究了大量的英国官方会议文件和蓝皮书，写出不朽巨著《资本论》，深刻揭示了资本主义以及人类社会的发展规律，等等，这些都无不闪烁着求是的精神和光辉。求是，不以博闻强识为目标，不流于表面，不止于现象，而是深入事物背后，探求知识的关联，领悟深刻的道理。求是，也意味着拒绝虚假，恪守诚信。求是，需要我们不断磨炼大脑，使心智得以开启、思维变得细密，自然培养出理性的思维、独立的思想、科学的精神、探索的品质。希望同学们在学习中能够秉持“求是”的精神，建立起人生不断进步的阶梯。

大学学习，需“博”“精”统一。“博”指知识的广度，“精”则强调学问的精深。进入大学，面对浩瀚的知识海洋和具体的专业，如何处理好“博”与“精”的关系，也是同学们应当解决的一个关键问题。胡适曾经说过，“理想中的学者，既能博大，又能精深。博大的方面，是他的旁搜博览；精深的方面，是他的专门学问。博大的几乎要无所不知，精深的几乎要唯他独尊、无人能及。”这当然是一种理想的境界，但是道出了“博”与“精”不可偏废。求博与求精，看似矛盾，实际上是辩证统一、互相支持的。学校早在 2003 年就提出“通识为体，专业为用”的本科教育教学理念，比较好地回答了这个问题。通识教育强调发展人的理性、心智以探究真理，强调从科学和人文等多角度向同学们呈现知识的广博性，把握人类知识体系的整体框架，提供尽可能全面的教育，通过研读经典和不断的讨论、反思、交流，掌握积累知识、探索真理的方法，特别是增强逻辑思维和分析归纳的能力，综合吸收所学所思，逐步养成健全完美的人格。专业教育则强调同学们应当掌握必要的实用知识和专业技术，服务于毕业后的职业发展需要。我们既强调综合发展和全面素质的提高，为“做人”准备好良好的综合知识和思想基础，也重视要学有所长，为“做事”准备好扎实的专业知识、专业技能。海大的培养模式和课程体系设置都是围绕这一理念展开的，希望同学们能深刻理解学校的本科教育理念，在博学与精深中融会贯通，构筑起完善的知识体系，养成优秀的能力素养。

大学学习，更要“求新”。爱因斯坦说，“大学本科教育的价值，不是学习很多事实，而是训练大脑去思考”。英国数学家和教育家怀特海指出，“教育如果不以激发创新精神开始，不以促进这种精神而结束，那么它一定是错误的，因为教育的全部目的就是使人具有活跃的智慧”。创新是大学一切教育和学术活动的基本特征，培养创新能力和创新精神，是大学教育的核心任务之一。创新也是一个民族进步的灵魂，是一个国家兴旺发达的不竭动力。习近平总书记指出，中国要强盛、要复兴，就一定要大力发展科学技术，努力成为世界主要科学中心和创新高地。希望同学们在求是的征程中，敢于质疑，勇于求新，逐步形成创新创造的能力和开拓进取的品格，为创新型国家的建设做出属于你们的贡献。

同学们！大学教育不仅要培养学生做事的能力，还要启迪学生做人的智慧；

不仅要培养为社会服务的专业人才，更强调培养具有人文精神、理性思维，具有世界眼光和社会责任感的优秀公民。当前，学校正在大力推进“以学生发展为中心”的本科教育改革，努力为同学们的学习成长构建一个更为优越的环境，提供更多更好的支持和帮助。希望你们珍惜时光，刻苦努力，发扬“求是、求博、求精、求新”的优良学风，逐步形成终身学习的能力，成长为兼备理性思维和人文素养、专业能力和创新精神的优秀人才，使得自己具有足够的勇气、智慧和能力去应对快速变化的未来，服务国家和人民，也让“学在海大”的声誉更具魅力！

我和全校教职员工坚信你们一定会刻苦努力、不负众望，我们愿意为同学们的健康成长搭起阶梯，做出最大的努力！

谢谢大家！

（本文为作者在中国海洋大学2019级本科生开学典礼上的致辞）

以自然为师，成栋梁之材

安黎哲

北京林业大学校长

亲爱的同学们，各位家长，各位老师：

初秋时节，金风送爽；北林有约，自然有你。今天，我们欣喜地迎来了 3433 名本科生，2351 名研究生，以及来自 47 个国家的 112 名留学生。在此，我谨代表全校师生员工，向全体 2019 级新生表示热烈的欢迎，欢迎你们在这里开启人生的崭新阶段！

同学们，你们所在的北京林业大学，是全国最高绿色学府，是培养国家生态文明建设人才的绿色摇篮。在这里，有带你进入科学殿堂的一流师资；在这里，有助你成长成才的保障条件；在这里，走出了 15 名两院院士和一大批顶尖专家学者；在这里，培养了近 20 万名高级人才和管理精英；在这里，一代代的北林人，秉承“知山知水，树木树人”的校训精神，牢记“替山河装成锦绣，把国土绘成丹青”的神圣使命，践行“誓让黄河流碧水、赤地变青山”的铮铮誓言，科学认识自然、保护自然、美化自然，绘就了一幅幅美丽中国的壮美画卷。今天，你们即将从这里启程，为生态文明建设事业接续奋斗，我相信，伟大的事业将因你们的加入而更具活力、更加辉煌！

同学们，山水木人，共生共荣，构成了“自然有你”的主题，组成了你们手中珍爱的录取通知书，“自然有你”的共识让我们相聚在这所世界知名的大学。作为北林新人，希望你们牢固树立“人与自然是生命共同体”的价值观念，以自然为师，向自然学习，追求真理，立志成才、立德修身、立行为国、立业为民，早日成为建设祖国的栋梁之材。

希望你们以山为师，立凌云壮志。

山，刚健巍峨、屹立天地，蕴含着高大、伟岸、博大、壮美等品格，是崇高志向的象征。习近平总书记指出，只有把小我融入大我，才会有海一样的胸怀，山一样的崇高。“百学须先立志”，志向决定人生的方向。希望你们汲取“山”之力量，登高望远、驰目骋怀，树立“会当凌绝顶，一览众山小”的雄心壮志；仰望星空、笃志前行，抒发“治国平天下”的万丈豪情；把小我融入大我，做到“先天下之忧而忧，后天下之乐而乐”。

希望你们以水为师，立至善之德。

水，柔之于形、坚之于心，蕴含着淡泊、宽容、坚持、执着等品格，是美好品德的象征。“国无德不兴，人无德不立”，品德决定人生的高度。希望你们滋养“水”之精华，与人交往，真诚坦荡，做到“君子之交淡如水”；为人处世，虚怀若谷，做到“海纳百川、有容乃大”；对待学习，持之以恒，做到“绳锯木断，水滴石穿”；对待集体，秉持大爱，做到“善利万物而不争”；扣好人生第一粒扣子，做到“上善若水，德才兼备”。

希望你们以木为师，立坚韧之行。

木，向阳生长，凌寒而立，蕴含着坚韧不拔、顶天立地、百折不挠等品格，是坚毅行动的象征。“知是行之始，行是知之成”，行动决定人生的价值。希望你们锤炼“木”之韧性，对待目标，锲而不舍，做到“咬定青山不放松”；面对困难，矢志不渝，做到“大雪压青松，青松挺且直”；“求木之长者，必固其根本”，希望你们牢牢扎根中国大地，从中华优秀文化中汲取养分，获取自信，做到“脚下有大地，心中有家国，眼中有世界”。

希望你们以人为师，立时代伟业。

人，天地之心，万物之灵。在人类历史长河中，孔子、亚里士多德、达尔文、马克思、爱因斯坦等无数圣贤先哲，他们前赴后继，创造了灿若星河的人类文明。在北林历史上，“水土保持学科开拓者”关君蔚院士，改写“自古梅花不过黄河”的历史的陈俊愉院士，“三倍体毛白杨之父”朱之悌院士等一大批名家大师，他们矢志奋斗，开创了新中国生态文明建设事业中一个又一个创举。他们是我们终身学习的榜样。希望你们勇担“人”之使命，弘扬先辈精神，积极投身生态文明建设，为实现美丽中国梦，构建人类命运共同体而不懈奋斗！

同学们，你们有幸生在伟大的时代，伟大的时代也将因你们的奋斗而与众不同。你们是建设新时代中国特色社会主义伟大事业的中坚力量，是实现中华民族伟大复兴的中流砥柱，希望你们珍惜韶华，奋力拼搏，以青春之笔，奋力书写无愧于自己、无愧于母校、无愧于时代的精彩人生篇章！

最后，祝同学们学业有成，前程似锦。谢谢大家！

（本文为作者在北京林业大学2019级新生开学典礼上的致辞）

虚心使人进步，心虚使人更进步

毛浩然

华侨大学外国语学院院长

尊敬的老师、亲爱的同学们：

大家上午好！（掌声）今年新生有268位本科生（其中境内生218人，境外生50人）和69位研究生（其中全日制56人，非全日制13人），让我们以最热烈的掌声欢迎史上最大规模的337位新同学的加盟！（掌声）

前三年的新生致辞，我都会顺便为华大做点免费广告，免得人家老问华大是不是民办的啊，在泉州还是在厦门啊，挺讨厌的！（笑声）为了提升学校知名度，我也是蛮拼的。（笑声）今年我改变风格，逆向思维，不做广告了。（笑声）我们还是要谦虚谨慎，正视差距。然后来个“步步高点读机，哪里不会点哪里”。（笑声）比如：

泉州，海上丝绸之路起点，曾与亚历山大港并称世界两大港，GDP连续20年全省第一，但不是省会，也不是特区。

华侨大学，中央统战部直属的部属高校，留学生人数全国第四，侨校+名校，在权威排行榜上居全国第75~80位。CUBA（中国大学生篮球联赛）九冠王；奥运会羽毛球总决赛，就是华侨大学羽毛球校内公开赛，因为冠亚军都是华大的。（笑声）但华大既不是985，也不是211。

外国语学院，近三年新增外国语言文学一级学科硕士点和两个省级平台，新增20多篇SSCI原子弹级成果和6项国家社科基金项目，但还没有博士点。外语学科综合实力，一般一般，全省第三，（笑声）英语专业已跻身双一流，但还远不如厦门大学和福建师范大学。

生源质量：本科录取线主要在580~620分，也有一批在660分左右，神一般的存在。（笑声）外国语言文学385分，MTI笔译和口译复试线分别是400分和404分，研究生新生CATTI二级笔译证书持有率近70%，全国罕见，很多名校达不到30%。但我们的口译博士师资不足，亟须引进。

这么好的生源，老师们压力很大，同学们也都很虚心，为什么？因为“未出土时先有节，及凌云处尚虚心”的有节与虚心，更因为心虚！所以今年的新生致辞主题是：虚心使人进步，心虚使人更进步。

学生通常对三件事比较感兴趣：一是把老师考倒，二是窥探老师的私生活，（大笑）三是八卦一下老师有多惨。（笑声）比如：你有什么不开心的事，说出来让大家开心一下？（大笑）好吧。今天我就满足同学们的好奇心，跟大家爆料几件我自己的“心虚使人更进步”的实例。（笑声）当然我会注意把握分寸的，那就是：我允许你走进我的世界，但不允许你在我的世界里走来走去！（大笑）

第一件事，关于志愿。

我家是书香门第，两代教龄超过100年，可以从幼儿园教到大学。我从小最想当刑警，第二想当医生，最不想当老师。结果，身高不够，“三等残废”，当不了刑警，（笑声）阴差阳错没考进医大没当成医生，放弃保送当老师的机会，最后却还是当了老师。（笑声）老天爷是不是挺会开玩笑的？不过，你们是不是觉得毛院长现在还过得挺滋润的？你看他在台上容光焕发的样子，至少表面上是这样的，对吧？（笑声）当然，真相是：台上回光返照，台下花儿蔫掉。（大笑）

小结：冥冥之中，自有天意。一切可能都是最好的安排，只不过当时我们不这么觉得而已。如果我当时真的当了刑警，肯定会比现在好吗？可能已经当上了公安局局长，也可能已经在执行任务时因公殉职了。（笑声）如果真的当了医生呢？可能妙手回春成为名医，也可能西医治标中医治本，中西医结合，把人家治成标本。（大笑）人生不如意事常八九，恒念一二之美好。先做应该做的，再做喜欢做的，然后争取把应该做的变成喜欢做的。我自己就是这么做的。

我知道，有些同学的志愿其实是爸爸妈妈帮忙报的，或是被调剂的，所学并非自己喜欢的专业。很多爸爸妈妈拿着那本《高考志愿填报指南》，才知道它真的是指南，因为翻开一看，根本找不到北。（大笑）然后他们还会假装很懂似的告诉你，学工商管理，管人！学会计，管钱！学外语，干外交，赚外汇！（笑声）你说，我想学通信工程。爸爸妈妈可能会告诉你，学什么通信工程啊？现在谁还写信啊？！（大笑）于是，你就选了外语。然后商量报哪个学校，一个说要报清华，一个说要报北大，因为这两所都是爸爸妈妈未竟的理想，需要你去延续的。但你很有自知之明，于是既不报清华，也不报北大，最后折中报了华大。（大笑）不报贵的，只报对的，一物降一物，互相hold（把握）得住。适合的才是最好的。（笑声）人生真是充满了各种抗争和妥协啊！

第二件事，关于自强。

我从小就写得一手很差的字，（笑声）可我爸和我哥的字都写得很好。问题是，我爸作为一位教育实践家和书法高手，居然不主动教我写字。我到高二上学期时字还写得跟鬼画符似的，非常郁闷。到高二下学期时，我想，不教拉倒，我自己学。然后就买来自己喜欢的字帖，先摹后临再创新，一丝不苟练起来。我妈发现了，就说："乖哈，先准备高考，等考上了大学，再练字也不迟。"（笑声）我爸不主动教我，我自己学，我妈还不让我自学。逆反心理来了，我就偷偷练！你要知道，偷偷做的事，往往特别来劲。（笑声）而且我的方法得当，比如每天最多只练三个字，但一定要把这三个字练到与字帖上一模一样为止，而不是一天练上几十个字，这样很快就有了长足进步。要知道，你只要写好100个漂亮的汉字，其实就相当于会写10000个漂亮的汉字了。高考时，我的语文作文拿了很高的分数，可能也跟我刻意展示的初级书法有关。进入大学后有个新生书法大赛，我拿了全校三等奖，由此可知，当时其实还只是入门级的水平。但从那以后，我就被系领导和校学生会宣传部盯上，拥有很多锻炼提升的机会，比如让我用毛笔抄写新生分类名单或写各种通知张贴公布。我在高中时练的只是硬笔，没练过毛笔，这下子露馅儿了，特别是"通知"二字，经常会写得大小很不匀称，我实在看不下去时就会偷偷把一大张红纸揉掉重写，辅导员看了就说："已经很好看了啊，可以了！"（笑声）看着那实在难看的毛笔字被贴在显眼之处，我简直无地自容。（笑声）没办法了，只好加班加点用功练字，这就是"心虚使人更进步"的由来，因为不练的话，那实在是太丢脸了。经过一个月的高强度练习，我终于可以比较放心地把自己写的各类通知张贴出来了。可看到书法社团成员展示的书法作品时，我还是觉得自己跟他们差距特别大，心想要练二十年可能才有希望赶上他们。于是继续勤学苦练，结果过了一年半，我无比意外地获得了全校毛笔书法现场大赛第四名（二等奖），可我至今都觉得其他人真的比我写得好得多。后来又在全国硬笔书法大赛中拿了奖，不过现在已经很久没练了，加上整天用狂草签字，武功全废了。

小结：虚心使人进步，心虚使人更进步。打铁必须自身硬，发展才是硬道理。一只站在树上的鸟儿，从来不会害怕树枝断裂，为什么？因为它相信的不是树枝，而是自己的翅膀。计划不如变化快，断裂风险无处不在，我们需要做的，就是让自己的翅膀要靠谱。人，可以白手起家，但不可以手无寸铁。机会永远只对已经做好准备的人才有意义。否则，天上掉下来一块大馅饼，你不但接不住，还可能直接在地上砸出一个大陷阱。

第三件事，关于委屈。

担任学生干部，除了可以锻炼组织协调、危机应对等能力外，我觉得最最重要的就是有机会多受点委屈。我女儿在读本科时是校学生会外联部副部长，主要工作就是负责拉赞助。她周末回家时，我问她，第几次了？答：第 27 次。我说："很好！继续！"（笑声）27 次不是成功的次数，而是吃闭门羹、遭白眼、被拒绝的次数。所以现在她遇上什么挫折都很淡定，不像有的同学稍微遇上一点不顺心就玻璃心，哭得梨花带雨甚至要死要活的。我自己在大学时曾身兼七职，每逢节日，我就经常要加班到凌晨两三点。有时你做了很多事，可有的同学可能并不领情。我觉得这是非常好的磨砺心志的机会，可以很好地提升你的耐挫折能力。

小结：所有的胸怀都是靠委屈撑大的，宰相肚里能撑船从来都不是天生的。恋人间经常信誓旦旦地承诺“从今往后，我绝不让你再受一点点的委屈”，这句话的可信度与“你是世上最美的女人”一样低。（大笑）生活中有太多的困难、挫折和委屈，我们能搞定，就搞定它；搞不定，就要学会忍受。What cannot be cured must be endured.（事已无法可救 ，必须耐心忍受。）这是修心的必经之道，而担任学生干部不失为一条安全且有效的胸怀拓展之康庄大道。

第四件事，关于冷水。

我最感激我的硕士生导师的是，他经常在我很顺利的时候给我泼冷水甚至泼冰水。我的导师李荣宝教授当时已经是博导，出了名的严格。我刚开始发表论文时都是投普通本科大学学报，连续发了好多篇，见导师时还挺得意的，心想终于可以让导师夸我两句了。（笑声）结果我导师直接开炮：“你发那么多普通本科学报论文干什么？你就是发 100 篇都没人理你！你如果能在权威期刊上连发三篇论文，出去开会的时候就会有人握着你的手说：‘久仰久仰’！要生产原子弹，别整天折腾手榴弹！”后来我经过五年努力，真的在权威期刊上连发了三篇论文，出去开会时，虽然没有人说“久仰久仰”，但我还是副教授时，教授们见了我，都会由衷地客气谦让。有一次我在一个国际会议上做完主旨发言后，有位老师跑来感谢我：“毛教授您好！真的太感谢您了！七年前我在一次学术讲座上听了您提及被导师泼冷水的事，深受启发，向您学习，调整思路，经过七年努力，拿下博士学位，连发三篇权威期刊论文，评上了副教授，现在出去开会，很多人都会说看过我的论文，果然不一样。”

小结：千万不要玻璃心，只听得进表扬，而听不进批评。老师或领导一批评你，你就怀恨在心，闭门思过，思的全是老师或领导的过，（笑声）那你还能奢望自己脱胎换骨焕然一新吗？央视的《开学第一课》说：对你要求严厉的老师，你不要心生敌意，反而要心怀感激。因为，只有负责的老师才会顶着种种压力和风险，去苦口婆心或大动干戈地管教你。TA 期待你成才变好，才如此吃力不讨好。这是传道授业的悖论，也是为人师者的深情。（掌声）

第五件事，关于抱怨。

我在英国时，被重度咳嗽折腾了两个月，当时只期待还能留着这条小命安全地回到祖国的怀抱。去英国医院就诊时，看到墙上有治疗咳嗽的 11 条建议，第一条：“能不咳的时候尽量不要咳。”（大笑）我当时就觉得这条建议纯属胡说八道，我就是难受才咳啊，还能不咳的时候尽量不要咳。但回家后平心静气一想，才悟到其实人家说得很有道理！很多时候是喉咙有点痒，我们就想咳。其实这时候如果能尽量忍住不咳，对止咳很有帮助。能不咳的时候尽量不要咳，抱怨和发脾气也是如此。不是说都不能抱怨，都不能发脾气，但如果能忍住时尽量忍住，你会发现身边的人将更欢迎你。不然你整天抱怨或发脾气，对周围人肯定是很直接的负能量。有人说，陪伴才是最长情的告白。我觉得不完全对。有人开玩笑说：长得好那叫陪伴，长得不好那叫纠缠。（笑声）我想说的是：能够相互滋养的陪伴才是最长情的告白。无论是师生之间、同学之间、情侣之间、父母子女之间，均是如此。试问，你以正能量滋养过身边的人了吗？

小结：能不抱怨的时候尽量不要抱怨，能不发脾气的时候尽量不要发脾气。当你说自己忍无可忍时，你要先问自己，你忍过了吗？忍无可忍，继续忍！（笑声）实在忍不住时，偶尔释放一下也是可以的。

有位学者在一次讲座上听我说起这件事，过了一周发微信向我致谢，说我的建议治好了他三个月都治不好的病。我很好奇是怎么回事。他说：“我头上长了一个东西，快好时就很痒，一痒就忍不住去抠，然后就恶性循环了。听了您的讲座，我就想，能不抠的时候尽量不要抠，咦？一周就好了！”（大笑）你看，学以致用，推而广之，妙用无穷吧？

第六件事，关于沟通。

我们是学语言专业的，沟通本应是我们的强项，可惜事实经常不是这样。沟通能力是职场调研中用人单位最看重的技能，即核心竞争力，包括口头沟通能力与书面表达能力，但绝不仅仅是满足于流利表达和没有语法错误。最重要的有三点：1. 沟通要有思想，有逻辑，有解决方案。2. 要一语中的，言简意赅，不能言之无物，天马行空，拖泥带水，那样即便流利，也是枉然。3. 沟通表达要得体恰当。你们去看看学院微信公众号上迎新和家长会的两篇中文报道，认真观察其中的照片选择和剪辑、称谓、排序、语法、信息完整性和得体性等，如果每篇找不出五处以上的不得体之处，可能就需要好好修炼中文功底了。我是没空去关注这些的，倒是有三位其他学院的同事和朋友转发给我吐槽此事，说“你们外语专业的学生执行力真强，当天的事情当天就能发出图文并茂的新闻稿，不容易。但不当之处实在太多，需要继续教育啊！”形势严峻啊！我们共同努力的目标是：在华大文学界外语前十名，在华大外语界中文前十名。（笑声）当然这是玩笑式的目标，虽不能至，然心向往之。

有效沟通与 EQ（情商）密切相关。什么是 EQ？ EQ 就是能对自己、他人和环境做出准确的判断并能恰当地表达。比如你看到团队中有人关键时刻推诿扯皮懈工怠工，汇报总结邀功抢功谎言泛滥。明明是拖了后腿，却要说居功至伟。你愿不愿意继续心平气和地与 TA 和谐共处，做到利而不害，为而不争？比如你发现有伙伴背地里说你坏话甚至恩将仇报，背后给你一刀，你愿不愿意把能说的说清楚，对不能说的保持沉默？愿不愿意以时间换空间，慢半拍，让子弹先飞一会儿，然后再看看如何应对？

小结：有的老师问我，“院长，你怎么都不生气啊？要是我，遇上这么过分的事，早就气死了。”我说，“我们要尊重生物存在的多样性。（大笑）何况，你当院长，不是还得表现得有点涵养的嘛。（笑声）”说实话，其实我有时也气坏了，但是没办法。忍无可忍继续忍，实在忍不住时，一年发脾气一两次，但炮火不能太猛，差不多就行了，以免严重灼伤自己。阿 Q 精神无比重要，学会与自己的内心讲和，是我们的必修课。

最后，我分享我在大学时代倒逼自己快速成长的七点建议，供同学们参考。

一是超前思维。我在 20 岁时，经常问自己，假如我现在是 35 岁，我会这么想这么说这么做吗？如果不会，那应该怎么想怎么说怎么做？年轻是用来多走些路的，不是用来任性犯错的。

二是扬长补短，而非扬长避短。避短，那个短永远都在，如果是硬伤，那就麻烦了。那这个短要补到什么程度呢？我的观点是：补短，够用为度，只要不是硬伤即可。木秀于林，风必摧之。不要表现得太完美，因为太完美的人太伤别人的自尊心。有点小缺点的人，才更真实更可爱。做个有缺点但没有硬伤的人，延年益寿啊！（笑声）

三是时间管理。每天在睡前记下自己当天完成的可圈可点的三四件事情，并括号注明你所花的时间。坚持 21 天，你的时间管理一定会突飞猛进。如果你实在没东西可写，可能只好写“与闺密微信聊天（180 分钟）”。（大笑）这样你就知道时间去哪儿了。

四是学以致用。完善知识结构和学以致用特别重要，学而不思、思而不写，写而不用，都可能是书呆子。同时，尽信书不如无书。要将逻辑思维和批判性思维进行到底。我们要敬重博导，但不要盲从博导，因为博导博导，可能一驳就倒。（笑声）当然，批判是需要逻辑和理据的，批判绝不是为批判而批判，更不是泼妇骂街。

五是天道酬勤。不要让今天的懒，成为你明天的难！我们只有非常努力，才能看上去毫不费力。每个月争取做成一件高难度且有建设性的事，做不成意料之中，做得成那可就自我超越信心倍增了。外国语学院的女生当男生用，男生当畜生用。（大笑）但多年后，你一定会感谢大学时代被迫全能的自己。

遍地都是六便士，他却抬头看月亮

六是智慧选择。选择比努力更重要。在错误的道路上，奔跑也没有用，方向错了，止步就是进步。笨鸟先飞，然后不知所踪。飞没了！（笑声）要学会选择最佳、选择掉头、选择放弃。如果你明明知道他是个渣男，还盲目 Never give up（永不放弃），（大笑）其结果就是：生活不仅有眼前的苟且，还有远方的苟且和苟且。（大笑）我们需要埋头拉车的勤奋，更需要抬头看路的清醒。今天我们脑子进的水，一定会成为明天我们眼中流出的泪。（大笑）

七是德才兼备。具体描述三五年后你最希望自己成为什么样的人，以及三五年后你最不希望自己成为什么样的人。是金子总会发光，但发光的未必都是金子。要做有智慧的美女，不要让自己仅仅只是花瓶。天生丽质是资本，但经营不好很容易让自己破产。要让自己成为“想做事、会做事、做成事、好共事、不出事”的可信又可用的德才兼备之才。

亲爱的同学们，三四年之后，请不要抱怨怀才不遇，因为成功需要三大要素：你自己行，有人说你行，说你行的人行。不妨换位思考一下，假如你现在自己创业当老板，你愿意每月花一万多元重用现在或三年后的“你”来独当一面吗？值吗？你有几项前期或近期的攻坚克难的项目或业绩让人放心你来独当一面？你的核心竞争力都有哪些？差距在哪儿？假如你的事业现在处于危难关头，只有一次起死回生的机会，你愿意在人才济济的青年才俊中选拔现在或三年后的“你”来力挽狂澜吗？敢吗？会不会吓死宝宝了？如果不敢，硬伤在哪儿？现在可以怎么补？

现实生活中，有很多人身子太忙，脑子太闲。TA 们掌握了谋生手段，却不懂得生活真谛；TA 们让年华付诸东流，却不曾将生命倾注其中。让我们一起，未雨绸缪，虚心向学，会通中外，相互滋养，见贤思齐，见不贤而内自省，不负青春阳光，不负诗与远方。谢谢！（热烈掌声）

（本文为作者在华侨大学外国语学院 2019 级迎新大会上的致辞）

最好的时代，最好的我们

肖洁琼

中国人民大学经济学院2019级硕士生

尊敬的老师们、亲爱的同学们：

大家下午好！

我叫肖洁琼，来自2019级经济学硕士二班，所学专业为网络经济学。新学期，我接到了第一个作业，就是作为研究生新生代表在学院开学典礼上发言，我特别激动，同时也很紧张。因为我从来没有想到，我有一天可以站在开学典礼的讲台上，让几百名师生在这一段时间里听听自己想传递的信息、想表达的观点，这是一个很难得的机会，也是一件很神圣的事情。所以，我准备好好利用这次机会，争取作业拿到4.0。在开始准备这次发言的时候，我发现，我有许多话想说，又不知从何说起，不知如何去说，可谓百感交集，因为已经有着四年人大经院的学习和生活经历，所以可能会有更多切身的感触，借此机会，我结合自身的经历，以人大经院人的视角，谈一些自身深切体会到的事情和感受，与各位同学共勉，也请各位老师指导批评。

第一，在专业学习上，我想我们应当进入专业这道门，成为一个真正的“行内人”而非“门外汉”，少小须勤学，文章可立身。

满朝朱紫贵，尽是读书人。相信很多在座的同学和我一样，在本科即将毕业时，感觉自己依然对专业知之甚少，想更深入、更详细地学习专业知识，所以才选择了读研这条路。也相信很多同学在考研复习的过程中，不止一次地考虑过考研成功上岸后的生活，那么对于如愿坐在人大经院开学典礼上的我们，我希望能够和大家一起坚守初心，永远记得当初对自己做出的要求和规划，也不枉我们近乎一年的辛苦付出。就像前几天在新生会议上于春海老师讲的那样："希望各位同学可以不忘初心，不忘自己做过的规划，能够认真严谨地完成研究生阶段的学习。"其实不论未来的发展方向如何，过硬的专业素养和丰富的知识储备，对我们来说都是极其重要的。一方面，应当加强自身专业理论学习。相信各位同学在选择人大时一定对人民大学经济学院的实力和影响力有了一定的了解，所以在这里读书本身就是一件幸运的事。人大选择了我们，让我们能够享受丰富的资源，与实力强劲的老师和优秀的同学们进行交流，所以在这样好的学习环境下，不论是本科生还是研究生，都应当有一种使命感，能够踏踏实实地学习专业理论知识基础，在有限的时间里尽可能多地去吸收这所学院、这个专业赋予我们的将来得以安身立命的东西。学习无小事，跬步成千里，每一堂课、每一次作业都需要认真对待，每一次向老师请教和与同学的交流都是珍贵的经历。另一方面，作为人大经院人，应当能够更好地理解并践行"经邦济世，经世济民"这句话，将我们所学的与我们所看的和我们所做的联系起来，实践出真知，但是真知也需实践，知识只有运用起来才是活的，我的论文导师黄淳老师曾说："我们经院的同学应当肩负起中国经济发展和中国经济理论发展的任务，讲好中国发展的故事。"所以在经院学习的我们应当要有这种使命感和责任感，不论各位同学选择了怎样的发展方向，我们终归是学习经济学的，因此不论以后身处何处，身居何位，在看到一些社会经济现象的时候，应当穿越"门外汉"与"行内人"之间的这堵墙，主动透过现象分析背后的经济规律。只有这样，我们才对得起"经济"二字，对得起多年以来学校和老师的培养，才能真正成为当今国家和社会发展所需要的经济学专业人才。

第二，在生活方面，我们应当努力做好自己。

在互联网和社交媒体发达的今天，我们可以看到、听到许多人的故事，也跟别人熬过不能再熬的“鸡汤”，可是人生终归是自己的，没有谁的人生经历可以复制，我们都是独一无二的个体。在开学前后，我有许多认识的新朋友跟我说，虽然很开心也很幸运来到了人大读书，可是却感觉到了前所未有的压力——学习压力、生活压力、职业发展压力以及情感压力，对于这种心情，我真的感同身受。因为在四年以前，我也是一个人来到人大，面对与之前截然不同的生活，面对各种精英，总觉得在偌大的北京很难有自己的一席之地。可是后来我才明白，与其担忧未来和羡慕旁人，不如放眼当下和做好自己，不要把目标放在任何一个人身上，而是要放在自己身上，认准一个目标，并且要为它较真儿，那些要做的事情就要做到最好，永远保持自身的进步。我们都是学经济的，相比其他学科幸运的是，经济学教会了我们如何在充满不确定性的世界里做选择，以提升自身的确定性。没有人可以活在没有压力的地方，压力永远都在，而且永远都在更新，经济学教会了我们机会成本的含义，我们就应该从中学到点儿什么，我们在为压力感到懊恼的机会成本可能是读一篇文献所收获的知识，与其担忧，不如实干，做过的课题、看过的文献总会有所回报。

第三，在社会方面，我们终归是要走出人大参与到社会生活中去的，那么以“国民表率，社会栋梁”为目标的我们，应当主动成为社会的“建设者”而非“旁观者”。

这种身份归属感和奉献感是我在人大四年的生活中最自豪也最崇敬的一种情感，校园各处、课堂内外，都会听到一些同学在谈论时事，自信慷慨地抒发自己的情感，尽情展示自己作为人大经院学子的风采和蓬勃气息。习近平同志也曾经讲过，我们的教育就是要培养中国特色社会主义事业的建设者和接班人。每一代青年都有自己的际遇和机缘，广大青年应该在奋斗中释放青春激情，追逐青春理想，以青春之我、奋斗之我，为民族复兴铺路架桥，为祖国建设添砖加瓦。这段话就在人大经院学子身上的“家国情怀”中得到了实践，同学们会有各种不同的发展方向，但是不论以后去往何处，发自内心深处的家国情怀永远是人大经院人不会磨灭的印记和彼此之间割舍不掉的牵连。当我们看到党领导国家取得辉煌成就时，会更由衷地感到欣喜和自豪，当看到社会发展过程中出现种种问题时会更多地发表自己的看法，做出自己的努力。人大经院人是我们现在的标签，也是我们未来一直都会有的标签，身带这样的标签参与到社会生活中去时，就应该要有自信、有责任、有魄力去为社会主义事业建设奉献力量。

以上是我根据个人经历和粗浅理解谈的三点感悟，与大家分享，不当之处，还请批评指正。最后，祝愿各位老师工作顺利，祝愿各位同学在经院能够开心快乐、不留遗憾地度过美好的学习时光。

谢谢大家！

（本文为作者在中国人民大学经济学院 2019 级新生开学典礼上的致辞）

第三部分

遍地都是六便士，他却抬头看月亮

别人的人生是在不断做加法，他却在做减法。人的每一种身份都是一种自我绑架，唯有失去是通向自由之途。所以查尔斯拒绝再做“丈夫”“爸爸”“朋友”“同事”“英人国”，他甩掉一个个身份，如同脱去一层层衣服，最后一抬脚，赤身裸体踏进内心召唤的冰窟窿里去。

——刘瑜《另一个高度》

涵育家国情怀　投身伟大时代

郝　平

北京大学校长

同学们：

今天是大家值得铭记一生的重要日子，我们相聚在美丽的燕园。这是你们人生的转折点，更是追求梦想的新起点。首先，我代表学校全体师生员工，向各位新同学表示最热烈的欢迎和最诚挚的祝贺！

中文系的谢冕先生曾说过：“一旦佩戴上了北大校徽，每个人顿时便有被选择的庄严感，因为这是一块圣地，百余年来中国社会的痛苦和追求，都在这里得到集聚和呈现。”从走进北大校门的这一刻起，你们的人生就与祖国的命运更紧密地联系在了一起。

121 年前，北大诞生于民族危难之际。从建校第一天起，北大就被赋予了救亡图存、兴学图强的使命，承载着推动民族复兴的历史重任。

100 年前，北大成为五四运动的策源地，为推动马克思主义在中国的传播和中国共产党的成立，做出了重要贡献。如今，五四精神已经深深融入北大的历史血脉，“爱国、进步、民主、科学”成为北大始终坚守的光荣传统。

80 年前的昆明，西南联大师生坚持“刚毅坚卓”的精神，在十分艰苦的条件下勠力同心、共克时艰，以浩然正气，为国家守护学术的火种。

40余年前，在当代中国命运转折的关键时刻，北大校友胡福明参与起草的《实践是检验真理的唯一标准》，深刻影响了现代中国的历史进程。

去年，在庆祝改革开放40周年大会上，被授予“改革先锋”称号的100人当中，就有11位是北大教师、校友。前不久公布的36位“共和国勋章”和国家荣誉称号建议人选中，也有6位北大教师、校友。这么多老师和校友获得如此崇高的荣誉，我们为他们由衷感到自豪。

同学们，今年是中华人民共和国成立七十周年。我们在这里回顾这一幕幕光辉的历史，是为了更好地继往开来。如果说前人铸就的北大传统是一条大河，我们今天要做的，就是继续汇聚点滴力量，融入时代主流。

当前，我们国家进入了新时代。你们是幸运的，而你们身上的担子又必然是沉甸甸的。2014年和2018年，习近平总书记两次到北大考察并与师生座谈，对青年提出了“勤学、修德、明辨、笃实”和“爱国、励志、求真、力行”的要求，这是新时代对大家的新期望。

同学们，你们即将开始大学生活，为担当民族复兴的大任积蓄力量。在这里，我向大家提出四点希望。

第一，志存高远，报效祖国。

“志不立，天下无可成之事。”为实现中华民族伟大复兴中国梦而奋斗，是大家难得的人生际遇。有了为国求学的志向，有了报国奉献的理想，人生的境界和价值将会完全不同。

西南联大时期，著名物理学家、北大前校长周培源先生冒着空袭的危险，每天前往联大校园为学生上课。当时，他放下研究了十几年的相对论，毅然转向了应用价值较大的湍流理论。多年以后，有人询问他这次学术转向的缘由，他说：当时我认为相对论不能直接为抗战服务。作为一个科学家，大敌当前，必须以科学挽救祖国，所以我选择了流体力学。

在同学们收到的录取通知书中，有一封樊锦诗校友写给大家的信。在信中，她写道：“国家的需要，就是我们的志愿。”就是怀着这样一种信念，毕业后，她毅然前往大西北的戈壁沙漠，为守护敦煌付出了一生的心血，成为“敦煌的女儿”。

前辈们为祖国和人民所做出的贡献，与他们在青年时期就树立的报国之志有着密切的关系。希望同学们以他们为楷模，在新时代写下精彩的答卷。

第二，锲而不舍，厚积薄发。

同学们步入北大，首要任务是学习。青年时期的学识基础会影响你们的一生。同学们成长在网络时代，和世界的交互更加便利，获取知识的途径也更加便捷。但不能满足于网络中的碎片化信息，不能止步于“快餐式”的学习，要扎实系统地学理论、读经典，让自己的知识体系更加全面、更加牢固。

1955 年，著名经济学家厉以宁先生在北大毕业后留校工作。此后，在长达二十多年的时间里，他青灯黄卷、默默无闻地在经济系资料室做编译工作，仅在 50 年代末、60 年代初，他就翻译了 200 多万字的经济史著作。正是因为有这样的底蕴积淀，改革开放之后，他才能结合中国实际，提出一系列新理论、新思想，直接影响了中国经济体制的改革。

同学们，学习如登山，“进一寸有一寸的欢喜”。希望同学们摒弃浮躁，久久为功，在寻求真理的道路上，一步一个脚印地前行。

第三，脚踏实地，知行合一。

学习不仅是读“有字之书”，还要读“无字之书”，注重人生经验与社会阅历的积累。在“读万卷书”的同时，更要“行万里路”。

著名的社会学家、人类学家、北大教授费孝通先生，长期深入中国农村，开展细致入微的田野调查，完成了《江村经济》《乡土中国》等著作。他曾对学生说：“去看，去听，去了解。沉下去，成为农民；走出来，再成为研究者。”直到 90 岁高龄，他每年仍有将近一半的时间奔走于中国大地。这种扎根中国大地做研究的精神，始终值得我们学习。

今年是北大研究生支教团成立 20 周年。20 年来，几百位北大毕业生选择到最艰苦的西部边远地区支教，他们既是去当老师，也是去当学生，通过支教，他们更懂得了“什么是中国”。这个暑假，四百多名学生实践团分赴祖国各地，到广阔天地感受时代发展的脉搏，把理论与实际很好地统一了起来。

同学们，希望你们既要有“书卷气”，又要有“泥土气”，学以致用，知行合一，在实践中坚定理想，磨炼意志，增长才干。

第四，扎根中国，放眼世界。

今天的中国已经成为全球第二大经济体。与此同时，世界经济和全球治理面临严峻挑战。面对“百年未有之大变局”，如何正确认识中国与世界的关系，促进文明的和谐与共同繁荣，是我们每个青年学生都要认真思考的时代命题。在当前的时代背景下，我们更需要倡扬和践行“互学互鉴”的新文明观，树立中国情怀，拓展世界视野。

20 世纪 60 年代，在人类饱受疟疾之害的情况下，屠呦呦校友从中医药典籍中获得启发，整理了 640 多种药物为主的治疗疟疾的方药集，最终成功提取了青蒿素，挽救了全球数百万人的生命。她在为全球抗击疟疾做出重大贡献的同时，也将中医和中华文明带向世界。获得诺贝尔奖后，她仍然没有停止科学探索的脚步，带领团队继续攻关“青蒿素抗药性”的世界难题。

著名经济学教授林毅夫先生是改革开放后第一位留学归国的经济学博士。他根植于中国实践，创立了新结构经济学理论体系，在国际上产生了重要影响。他曾担任世界银行副行长，也是世界银行第一位来自发展中国家的首席经济学家。他还积极推动中非合作新模式，帮助有关发展中国家实现经济结构转型，为解决世界经济问题提供了中国方案。

他们在事业上的成就，充分体现了北大人的中国情怀和世界视野。我们正处在一个中外交流日益密切的时代，希望你们坚持文化自信，拓展国际视野。

同学们，1933 年，当时在学界较有影响的《东方杂志》曾向全国读者征集如下问题的答案：“你梦想中未来的中国是怎样的？”当时有很多人写下了自己的愿景，如今，很多人的想法已经实现。

今天，在你们的开学典礼上，我们仍然要向大家提出这个问题——“你梦想中未来的中国是怎样的？”所有答案都必须靠你们自己的行动去书写。希望大家珍惜在北大的时光，珍惜这个伟大的时代，努力成长为社会主义建设者和接班人。

衷心祝福你们！谢谢！

（本文为作者在 2019 年北京大学本科生开学典礼上的致辞）

抵御诱惑，锤炼意志，肩负使命

钱旭红

华东师范大学校长

亲爱的 2019 级新同学们：

大家好！

很高兴你们来到华东师大，成为我们的一员。在此，我代表全体师生、员工和校友，对你们的到来表示最热烈的欢迎！

就在大家报到的当晚，9 月 1 日湖南卫视的《天天向上》节目，向大家展现了你们未来华东师大生活的代表性片段。作为中国“第九大菜系”的华东师大食堂，必会在今后的日子里，给各位的味蕾带来“即时满足”和美美的赞叹。

从这一刻开始，华东师大能够提供给大家的，将远远不只是校园里的美食美景，不只是人生普遍欲望的基本满足，而是播种期待和培育梦想，是在人类更高层面的精神传承和自我实现。因此今天，我将从欲望的满足切入，围绕目标和方法，在这里给大家上入学后的“第一课”，主题是“抵御诱惑，锤炼意志，肩负使命”。

数十年前，人们曾经设计了一个满足口欲的“棉花糖”实验，考察意志力在人一生中的作用。实验中，儿童可以立马吃掉眼前诱人的棉花糖，但不会有额外的奖励。但如果儿童能按铃呼叫实验员归来，在见面后开吃，会得到作为额外奖励的另外一颗棉花糖。儿童必须自主选择如何行动，如想获得额外的奖赏、获得更大的满足，就必须忍受煎熬，并与及时享乐的欲望作抗争。这种在等待中所展现的自我控制能力，被称作“延迟满足”。

无法抵制诱惑，是人生诸多痛苦的来源之一。具备自我控制力的人，能甘愿为更有价值的长远结果而放弃“即时满足”。追踪研究也表明，学生的学业成绩与其“延迟满足”能力直接相关，脑部磁共振成像扫描也已揭示了脑部神经自我控制的线路图。自我意识强的学生更有耐性、更擅长推迟享受。“延迟满足”概念提醒人们要暂时规避诸多诱惑的干扰，从而主动掌控自己的人生，进而自律、自尊、自强。

今天，物质条件获得了极大改善，已不再是生存的阻碍，一种“活在当下”的思维在年轻人中应运而生，并得到了许多追捧和推崇，要大家放弃“即时满足”，显然这并不简单；可是要实现人生的成功，“延迟满足”必须成为每日的功课，显然并不容易。人性普遍性的弱点，就是自我控制能力都很有限。当面对困难时，人们都极易逃避，成为把头埋在沙堆里的鸵鸟；面对诱惑时，人们又极难抵御，成为追逐权、名、利的牺牲品。

“延迟满足”实验对新生而言，有着极强的启迪作用。在场的各位经过了多年的努力拼搏，成功迈进了人生的一个新的阶段，你们是佼佼者，实际上，你们是“延迟满足”的受益者。当过去支撑你们的那些目标任务突然间全部消失，面对憧憬已久的大学生活，你们可能会有意无意地丢掉了曾经取得成功的“法宝”。

在你们面前，有许多类似“棉花糖”的各种各样诱惑、选择以及困难。今天，你们成功地实现了儿童少年时代确立的目标，入学后短暂的新鲜喜悦之后，补偿性甚至报复性地满足一些曾被迫延迟的娱乐需求之后，如果不适可而止、蓦然回首，取而代之的可能是迷惘、疑惑、沉沦。今天的你们相互间在学识能力方面的差距是很小的，等到你们毕业时，有些同学已可以独当一面，攀登高峰；而有的同学已远远落后，甚至掉入了“泥潭”。造成如此差异结果的最关键因素，就是你们在面对各式各样诱惑时的选择方式和人生态度。

你们正处于从儿童少年转变为成人的关键时刻，成人须有成人的承诺、对世界的承诺。从现在开始，将是你们从过往“被迫的延时满足”到“自觉的延时满足”的转折处，是确立自己人生目标、探索人生价值的新阶段，是明晰一生使命和愿景的关键时期。因此，殷切希望各位同学，在此阶段里，不仅要观察世界，也要观察自己；不仅要研究世界，也要研究自己；不仅要把握世界，更要把握自己。

虽然，社会是美好的，真诚和善良的人是绝大多数，但是，生活中仍会有各种各样的诱惑、欺骗，甚至陷阱。这些都是利用了人们对“即时满足”的渴望和贪婪，甚至发明了一些所谓“即时满足”类型的商品、商业模式，林林总总好像总有一款能迷住你，进而收割可观的“智商税”。传销、校园贷、电信诈骗等都是以此利用人们贪慕当下享受的特性，实现对人们的俘虏和控制。这些手段，狡猾地利用了人性的弱点，虚幻出令人上瘾的事物，让青年人立马享受快感，快速满足后，随即就是极度的无聊和空虚，周而复始、反反复复，以致沉沦。

意志是诱惑的克星，使命是永恒的召唤。爱因斯坦曾说，“时间存在的意义就是任何事都不可能立刻实现”。历史表明，任何一个伟大的成功，都需要经历长期的努力探索和坚韧追求，才能最终实现，而这首先要做的就是控制驾驭自己的欲望。“延迟满足”并不神秘，它应该是成年人的标配。只有超越诱惑，才能苦尽甘来，走向成熟。

孟子说：“天将降大任于斯人也，必先苦其心志，劳其筋骨，饿其体肤。”唐僧在经历了九九八十一难，长途跋涉，才取得了真经。孙悟空必须三打白骨精、击退无数诱惑，谨遵观世音的教诲，受约于紧箍咒规则，才能协助师父完成西天取经的使命。

当然，“延迟满足”只是手段和方法，要想到达成功彼岸，必须要有明确的目标。人生犹如行船在大海上，对于没有目的地的航船而言，任何方向的风都是逆风。远大目标和神圣使命，是每个人、每个团队的核心灵魂。如果失去了目标和使命，人们就会陷入迷惘和不知所措，要么小富即安，贪图享受；要么小人得志，轻浮猖狂。因为，肩上没有使命的人，无法走得远。

人生必须有梦想、有目标。我们的目标，就是让每个人和世界更美好、更善良、更真实，让真、善、美、战胜假、恶、丑。通过“以其无私”，进而“成其私”。我们要通过真诚奉献来获得应有的回馈，而不应谋算掠夺，因为最终会被剥夺。天地有轮回，苍天饶过谁？不让世界因你的存在而烦恼，要让世界因你的存在而美好。不要做一个消耗价值的人，而要做一个为世界创造价值的人。

从今天开始，你们不再是儿童少年，你们做的每一件事，每一个选择，都会和你们未来的人生道路息息相关。因此，确立自己的人生目标，应该是你们开始大学或研究生生涯的第一要务。每个人、每个团队、每个社会，都需要抵御诱惑，锤炼意志，肩负使命，因为美言不可信，轻诺必寡信。从今天开始，我们每个人需要每天问自己，自己永远的使命是什么？长远愿景是什么？当前任务是什么？

有关人生目标和人生方法，我们的祖先早就有了真知灼见。当今许多人之所以无法悟透享誉全球的老子《道德经》五千真言，就是因为人们一直沉醉在直露浅显的、条件反射的物质世界里，而没有自觉、自律、自醒、自悟，没有觉察到诸如“延迟满足”这些规则在运转控制着人类社会；没有认识到“大道无形”的信念和真谛。在这里，此时此刻，我借用老子的话语，用“大小”“长短”“快慢”三对关系，来给大家一些原则性的建议。

第一，“大”和“小”的关系。做事要大处着眼，小处着手。人生的目标不在流芳百世、惊天动地、经天纬地，而在于感人至深、惠及众生、不虚此生。如果你的目标仅仅是一个土丘，放眼极目，你的周围也都是土丘，那么你的终点也只能是土丘。所以，要对世界有大贡献，就要有大格局、低身段，不要耍小聪明，使小伎俩。

要以你们身边的大师为坐标，以优秀的学长学姐为榜样，以宽广的心胸、厚重的积淀、求实创造的能力去超越他们。“大成若缺，大盈若冲，大直若屈，大巧若拙，大辩若讷”，才是我优秀学子应有的气度和风范。而小处入手，就是告诫我们要集中精力、聚焦资源。“天下难事必作于易，天下大事必作于细，是以圣人终不为大，故能成其大。”“大”不是一蹴而就，而是由无数的“小”汇聚而成。因此，坚持从小处做起，杜绝“好高骛远”“眼高手低”，是关系你们能否最终“成其大”的关键。

第二，“长”和“短”的关系。要有长期思维。在做事情、做决策时，作为思考背景的时间跨度有多长，常常决定了决策的最终质量。当沉迷于当下短期满足时，有人会得意忘形，但如果将自己的所言所行放到一个更长的时间维度去考虑，你会猛然发现，这些“即时满足”正在透支自己的未来。

研究表明，不同层次的人，所拥有的时间观完全不同。普通人的时间观乃是几分钟、几小时乃至几天，杰出人士的时间观往往是未来几年、几十年甚至数百年。不同的时间观，则造成了不同的思维模式和行为习惯，并最终塑造了不同的人生。长期思维，不是消极等待，而是应势而为，通过许多短期目标的完成，就能累积达成长期目标的实现。

第三，“快”和“慢”的关系。忙者常无智，欲速则不达；慢工能够出细活儿，磨刀反而不误砍柴工。在这个知识更新迭代越来越快的时代，提醒自己心态要“慢”下来，要沉下心来，做关键而重大的事，是一种明智的选择。当然，让自己“慢”下来，绝不能成为偷懒懈怠的借口。

不积跬步无以至千里，可单有人生每步的正确，并不代表人生一定能够整体正确，只有始终保证正确的人生方向，才能使人生的每步成为有效的前行增量。我们都需要“吾日三省吾身”。坚忍和反省，会让每个人遇见真理和成功。控制论告诉我们，不断地反馈校正，迭代升级，就能化腐朽为神奇，就能减小、收敛误差而不断前进。

亲爱的新同学们，今年是中华人民共和国成立70周年。几百年来、一百年来、七十年来，前辈们的艰苦奋斗，才使我们有了今天的发展成就。几代人“延迟满足”、甚至放弃了他们的满足，用自己的牺牲，才换来了下一代的幸福。为了对得起前辈的牺牲、坚韧和期望，为了实现你们的人生目标和民族复兴的中国梦，希望你们“不忘初心、牢记使命”，潜心学问，做一个对国家、民族，对文明和人类有用之人。

最后，祝所有新同学有一个美好的未来！

谢谢大家！

（本文为作者在华东师范大学2019级新生开学典礼上的致辞）

为成长的灵魂欢呼

刘 俏

北京大学光华管理学院院长

各位老师、来宾、家长与亲友，亲爱的北大光华2019级同学们：

大家下午好！

在座的1269名同学们来自22个国家和地区，年龄跨度从16岁到52岁，呈现着不同的文化、语言、成长背景、宗教信仰和社会身份。多样性和差异性体现了北京大学“循思想自由原则，取兼容并包之义”的精神，使得大家有机会打开自己的视野，培养同理心，学习从不同角度思考问题，而这将带来更多的创意和更积极的改变。尊重多样性和差异性，是我们这个时代最值得珍惜的价值观。

虽然大家作为个体如此不同，但今天我们齐聚北京大学100周年纪念讲堂，正是以一种隆重庄严、富有仪式感的形式宣告你们最大的共同点——从今天起，你们正式成为北大人、光华人。我很荣幸能够代表学院，代表所有的光华人，欢迎大家！

2019年是一个很特别的年份。今年是五四运动100周年，新中国成立70周年；北京大学刚刚庆祝121岁生日，光华管理学院走过了34年的历程。34年，在人类历史上只是弹指一挥间；但是我们恰逢一个伟大的时代：1985年，中国按名义价格计算的 GDP 不到 9100 亿元（人民币），2018 年这个数字是 90 万亿元（人民币），增长了几乎 100 倍；1985 年，中国没有严格意义上的金融市场，34 年后，中国 A 股市场上市公司总数已经超过了 3600 家；1985 年，中国没有一家《财富》全球 500 强企业，34 年后，中国已经有了 129 家 500 强企业……这是我们这个时代一个宏大的叙事。

我们即便是将叙述的侧重从一系列令人目眩神迷的经济或社会奇迹以及揭示这些奇迹的数据移开，那些隐身于时代巨变下无数个体或是机构命运的变迁、各种盘根错节的因果、被时间弯曲的故事和史诗般的传奇也在不断提醒——我们经历过的这个时代是何其的波澜壮阔。

从一个水房改造的办公室发展成为今天的亚洲领先的商学院，光华的成长正是这众多史诗般传奇中的一个。34 年来，一代又一代光华人坚守致力于追求真理但宽容异见的科学精神，用不同的方式、节奏和力度定义着、拥抱着、建设着这个时代，以思想和行动推动着社会的进步，形成了“因思想，而光华”的精神气质。而作为光华的现在与未来，你们注定将成为它伟大传统的一部分。祝贺大家！

面对扑面而来的光华岁月，我猜想，大家的心情和我九年前加入光华时有些相似：骄傲、兴奋，充满期待的同时，又有一些惴惴不安，“在一个云谲波诡的大时代如何安放自己？”“我一生做的最了不起的事情是考入北大？”“若干年后，别人说到自己时，语气会从敬仰崇拜的‘你是光华的！’变成难以置信的‘你居然是光华的？！’”2019 级的各位同学们，请相信，我们都有这样焦虑的时候。然而，如果光华 34 年的历程能够给我们什么启示的话，那就是它虽然不完美，甚至很多时候走得跌跌撞撞，但它拥有成长的灵魂！拥有一个成长的灵魂并不断成长，是大家善待自己，善待岁月最好的方式。

我希望大家坚定不移地培养自己科学思考的能力，特别是批判思维的能力。建立在逻辑推理和实证分析基础上的科学研究范式，能够让我们提出真正重要的第一性的问题，帮助我们明辨特定的因果关系及作用机制，建立起对那些穿透时间、具有普适性的规律的基本认知，让我们不会在同一个地方反复跌倒。我们这个时代正经历着急剧的变化——原有世界分崩离析，核心价值观日渐式微；我们长期受益其中的全球化受到严重质疑；环境恶化、收入不平等、社会阶层固化等结构性问题正挑战着人类文明演进方向的合理性……急剧变化之下，我们对事物内在逻辑的认知遭到破坏，主动或是被动放弃独立思考的能力，脑子里固化出对“权威”和“大家”的崇拜与依附；各种似是而非的观点、天马行空的“概念”、言不及义的“思维泡沫”充斥周遭；焦虑中，急于寻求答案的人们勤奋地修习各种“炼金术”和“屠龙术”，却不知道我们需要解决的问题是什么；而无法在重要的实证事实面前形成共识，经常使本属于理性的争论变成情绪性的宣泄，一场大众对科学理性的信任危机正在蔓延……

我们的教育关乎知识的探索和对真理的追寻。追求真理如同追求自由一样，是个人和机构在成长过程中必须扛起来的道德责任。保持好奇心，提出我们这个时代需要解决的重大问题。历史反复教育我们，往往是那些提出重要问题的人创造了不一样的世界，因为他们更能够突破思想的藩篱，破除时代的局限。

我希望大家明确自己成长的方向，并把它和国家、和社会进步的方向结合起来。成长是一个不断进化的过程。物理学里的“奇点理论”认为，进化是宇宙最强大的力量，它是驱动一切、唯一永恒的事情。然而，我们怎样才能保证我们的进化不是一个“熵值”不断增长的过程？怎样才能保证我们不会在生活中慢慢失去生命，在进化中逐渐失去“系马高楼旁”的青年锐气，在“成长”中失去独立思考的能力，最终被时代大潮裹挟、开始随波逐流呢？

成长并不意味着成为某个领域或是某种零和游戏的大赢家，不断地实现人生中一个又一个的“小”目标；更不意味着在所谓的“存量相杀的时代”脱颖而出……无数的事例已经证明，个体的进化如果不能跟一个更大的存在和更崇高的使命结合在一起，不能算是真正的成长。诞生于戊戌变法时期的北京大学和改革开放期间的光华管理学院，一直与国家和民族的命运紧密相连。家国情怀是北大人最珍视的品质。未来岁月里，我们每一个人都会经常在“什么是容易的”和“什么是正确的”之间做出选择，而你的未来取决于你的选择。“不管是责备还是赞许，都无法否认我们心中的那匹野马（见 Virginia Woolf《雅各的房间》）”。明确自己成长的方向，找到那些真正引领个人、时代，甚至国家不断向上成长的东西，去展现“定义美好”的能力和“建设美好”的愿力。唯此，心中的那匹野马才能找到驰骋的草原。

我希望大家对他人、对自己都有更开放的心态，更包容的精神。这个世界上，不是所有的合理和美好都能按自己的意愿成为现实。学会聆听自己的内心，承担生活的琐碎和卑微，学习与自己的焦虑、迷茫、困惑、错误甚至失败和平相处，改变自己的轻妄和建立在偏执基础上的深信不疑，警惕用二元对立的思维站在道德高处肆意批判。你可以很好，但你无须完美。接受自己和他人的不完美，懂得反思，以开放的心态、包容的精神去深入理解事物背后的本质，建立对本源和普遍性的理解，然后采取果决的行动实施改变。请记住，开放和包容不可避免地对于我们解决社会冲突具有巨大的价值和贡献，它也是人类能够完成一个又一个了不起的成就的重要原因。

万物生长，各自高贵。成长中结出的果实，没有任何一片树叶能够遮盖住。2019 级同学，请记住，你们的任务不是在这个世界上寻找出路，而是通过不断成长，用你们的思想和行动去展现出人类精神的各种可能性，为我们这个时代带来迫切需要的改变。

最后，我引用我最喜欢的小说《指环王：护戒使者》（*The Lord of the Rings*：*The Fellowship of the Ring*）里的一段话，与大家共勉，希望我们都成为捍卫真理和人类伟大精神的护法使者：

真金未必都发光，

漂泊者未必都迷茫。

老当益壮不凋零，

根深蒂固经风霜。

灰烬重燃熊熊火，

阴影复苏熠熠光。

宝剑锋从断鏊出，

无冕之人终称王。

All that is gold does not glitter,

Not all those who wander are lost;

The old that is strong does not wither,

Deep roots are not reached by the frost.

From the ashes a fire shall be woken,

A light from the shadows shall spring;

Renewed shall be blade that was broken,

The crownless again shall be king.

——J.R.R. Tolkien

欢迎大家来到北大光华！在这里，我们为春天欢呼，为生命欢呼，为真理欢呼，为成长的灵魂欢呼！

（本文为作者在北京大学光华管理学院 2019 年开学典礼上的致辞）

研究生要学会把精力放在重要的事情上

李言荣

四川大学校长

同学们，老师们：

大家好！

今天，我们在这里隆重举行2019级研究生开学典礼。首先，我代表学校对9238名新同学（7513名硕士生、1725名博士生）表示热烈的欢迎，对同学们经过了层层筛选最终成为一名川大研究生表示祝贺！

同学们来自五湖四海，经历了不同学校本科阶段的学习，今天，终于会聚到川大来完成人生中非常重要的一段学术研究经历。我想大家之所以放弃其他机会，选择读研究生，多半还是想继续求学问道，提升自己的研究能力和竞争能力。在今后三五年内，甚至在更长的时间里，你们在学术研究中所面对的和需要做的事情可能会有很多很多，但真正能做出有意义并且还比较重要的事情可能也就是一件两件。一个人能力再大、干劲再足、资源再多，但时间和精力总是有限的，所以，无论同学们是从事人文社科研究、还是自然科学研究，都要学会把主要精力放在重要的事情上，这样不仅能让你在科研上开好局、走好路，而且还能放大你的学术研究的价值，甚至实现你人生的意义。所以说：研究生要学会把精力放在重要的事情上。这也就是今天我想跟同学们谈的主题，主要包括两个方面：什么是重要的事情，怎样把精力集中到重要的事情上来。

同学们，今天我们人类社会所面临的问题有很多很多，需要研究的内容也很丰富，科技上等待去填补的空白更是成千上万。那么，我们怎样才能从纷繁复杂中去发现、去甄别出重要的事情来呢？客观地讲，我们有的人就是善于在研究中去寻找出一片森林，有的人就是喜欢直接找到一棵大树，更多的人可能就是为了去观察一片树叶，这些从学术研究上来说都是有意义的，但价值和重要性却完全不同，我们说要做重要的事情不是要叫大家眼高手低、好高骛远、不切实际，而是说科研是要讲究方法和有规律可循的，是希望同学们不要轻易被细枝末节的小事情把精力给耗散掉了。当然，重要的事情往往难度都很大，问题也很复杂，做到半途而废的人更是不少，甚至现在围观的群众还有几层楼高，因为谁都明白只要解决了某个领域、某个方向上的重要事情，你的成就就会很大，声望就会很高，对国家对民族的贡献就越大，成功就会及时到来。

那么，什么才算是重要的事情呢？其实重要的事情对于不同学科、不同专业、不同的人，其看法和认识都很不一致。李政道先生曾经讲，科研就像大海中一个一个的浪头，当浪头刚刚要拉起来的时候，你就及时地跟进去，你是很幸运的，因为这个领域刚刚兴起一定有很多重要的问题需要去研究；而当浪头已经达到了最高峰，此时你才进去可能机会就不多了，因为很快这个浪头就会被新的浪头盖下去的；当然如果当浪头已经开始明显下降了，这个时候你再跟进去，很可能会浪费掉你的精力，甚至青春，因为这个领域的研究可能已经不那么重要了。

同学们，我认为学术上重要的事情大致可以分为四种类型：一是在好奇心驱使下对大自然的认识。纵观现代自然科学的发展，从牛顿发现万有引力到法拉第发现电磁感应、麦克斯韦建立电磁场理论，再到 20 世纪初相对论、量子力学、DNA 结构、系统论四大基础科学理论的相继建立，这些都是科学上非常基本也非常重大的问题，一般说来敢碰这些问题的人也非常少，因为它需要科学的训练和学术的积累。二是改变世界的重大发明。这往往是从人类社会不断发展的需求来讲的，比如1876年贝尔发明的电话、1879年爱迪生发明的电灯、1886年本茨发明的汽车、1903年莱特兄弟发明的飞机，等等，这些东西完全改变了人们的生活方式。不过，数千年来的这些发明创造主要都是为了节省人的体力，延伸四肢达不到的领域，只有近十来年的发明，人们才更多地考虑开发和放大人的脑力智力、延伸人的功能性，尤其是2010年左右由于移动互联网的广泛使用，使人类一夜之间就进入到信息的高级社会，大数据、人工智能、虚拟现实、类脑开发等层出不穷。三是国家发展的重大需求。这一般是指涉及国家之间核心竞争力的，比如国家安全、国民经济、重大民生，等等，这一般被归为卡脖子的问题，这往往需要有组织的行为、大团队的攻关。四是经济社会发展所需要的。这涉及面非常广泛，与我们川大文理工医都有关系，大到国家政策的制定、历史文化的传承，小到一个个企业产品的升级换代，更有涉及人类健康的生命医学，等等。以上四大类型中都蕴含着丰富的重要学术问题。

同学们，当你通过一段时间的努力在学术上取得了进展，那你怎么知道它究竟有多重要呢？一般来说，只要你的成果得到了实际应用，应用越多、范围越大，事情自然就很重要，或者在你研究之后，有人跟随在你的后面不断地重复、不断地衍生发展，跟的人越多，像大雁编队似的，就间接证明了你的引领作用和领跑地位，其重要性不言而喻。这真的不是简单以发表了多少篇论文，写过多少本著作来判断你成果的价值和研究的重要性的。今年6月，在项楚先生学术文集的发布仪式上，项先生讲他的学术成长之路时，对我也很有启发，其实不管文科、理科，还是工科、医科，科研的道路都是相通的。项先生讲他的第一篇敦煌学论文是和北大学者商榷的结果，这篇文章发表以后引起了季羡林等老先生们的注意。因为“文革”之后中国的敦煌学界一片荒芜，老先生们很奇怪从哪里冒出这么一个年轻人，所以项先生一下子就进入了他们的视野并得到了持续的关注。今年夏天习总书记还亲自去敦煌考察了莫高窟的保护情况，说明蕴藏着中华文化几千年智慧的敦煌学今天仍然非常重要。所以，只要你研究的是重要的真学问，不管你身处何方、是何背景、有何身份，都会引起学术界的共鸣和同行们的关注的，成功就是早晚的事。

同学们，那我们如何才能把精力集中到重要的事情上来呢？人一生有效工作的时间非常有限，研究生几年更是白驹过隙，重要的是同学们要学会迅速安静下来、把精力汇聚起来、把零碎的时间集中起来、聚焦到一件事情上来，这不仅是当研究生时要训练的基本功，也是把重要事情做好的基本功。当然，学术诚信、学术规范、学风道德是我们开展科研工作的底线，是每一个人都要时常提醒和必须坚守的。在这里，还有三点是我想特别强调的。

一是要大胆假设、大胆猜想。基础研究特别是自然科学领域的研究首先要敢于假设、敢于猜想、大胆提问。想都不敢去想，“从 0 到 1”就无从谈起。同学们，以前我们开展的科研验证性的研究多，跟踪模仿的多，我们善于用毕生的精力去验证别人的假设和猜想。现在中国经济社会发展到了这个程度，开始倒逼着我们必须要有自己的假设和猜想了。其实，现在很多卡脖子的技术本质上还是卡脑子的问题，卡脑子就是卡住了思想，不敢去想，更不敢去做，所以只有解放思想，才能在知识的原创和核心技术的突破上有所作为。

二是要往深里走。要实现学术研究往深度钻研，最重要的是要瞄准一个方向、一个目标，不能发散，不能多靶点。这两年大家可能知道数学界出了一个张益唐，他对孪生素数证明做出了重大贡献，据说，他 9 岁时从路边书摊上看到一本《十万个为什么》中有关数字的问题时，就立刻喜欢上了数学，博士毕业后的几年里他虽然连正式的工作都没有找到，为了谋生还不得不在快餐店做会计，在汽车旅馆打短工，但他一直没有中断对孪生素数猜想的思考和热爱。直到 2012 年夏天在一个院落的大树下踱步时，他突然产生了灵感，终于找到了解决《素数间的有界距离》的新方法，轰动了世界。物理学家黄昆先生讲过，大多数开创性的工作其实并没有想象中那么复杂，关键是有少而精的目标。我曾经在科罗拉多大学访问过，这个学校也算不上美国的一流，但美国 NSF（美国国家科学基金会）在该校设有一个原子分子物理研究中心，几十年来一批一批的学者专门围绕玻色—爱因斯坦凝聚开展研究，并获得了不少诺奖级的成果。所以，只有集中精力专注于一个目标不断往深里走，才能源源不断地从井里把一桶一桶的水给打上来。

三是要向交叉融合方向走。以前，我们在科研中并联多、串联少，交叉多、融合少，“物理现象”多、“化学反应”少。现在来看重要科学理论的突破、重大技术的产生越来越离不开学科的交叉渗透，像电子信息 +、互联网 +、人工智能 +、生命医学 + 等日新月异。同学们，川大有很好的文理工医多学科的基础，这非常适合组成团队来开展交叉融合的研究。

同学们，无论你来自哪里，学的什么专业，从今天开始就是一名川大人了，未来几年、甚至更长的时间里，只要你学会了把精力放在重要的事情上，并且能够很快安静下来、全身心投入到做真学问、做真科研、做真贡献中去，你就一定能成为一名优秀的川大研究生。

最后，再次欢迎同学们来到川大、来川大当研究生！

谢谢大家！

（本文为作者在四川大学 2019 级研究生开学典礼上的致辞）

热爱才是我们成长的真正动力

申小龙

复旦大学中文系教授

我是“文革”结束恢复高考后考入复旦中文系的第一届本科生，当时我刚过25岁，我们班上年龄最大的32岁，都已为人父母，最小的是应届生才18岁。“文革”耽误了十年，十年积累的10届中学生同时参加高考，你们可以想见，我们入学后是多么珍惜学习的机会。记得每天天不亮，就有同学在宿舍走廊里的灯光下阅读；公交车上，我们习惯一只手扶横杆，一只手拿英语单词本背单词。大一的时候上濮之珍老师的《语言学概论》课，上课记一本笔记，下课后把笔记内容重新整理成一本新的笔记。我想告诉同学们，考进了理想的大学，不要让自己在如释重负中手足无措，慢慢陷入迷茫，要倍加珍惜青春年华，在新的起点上努力探索，拼命向前。我们习惯了既有目标下的生活，进大学以后，让我们试一试没有出国，没有求职，没有资格证，没有考研，没有规划，没有绩点，没有求生欲，只有兴趣、专注和热爱的大学生活。焦虑会让我们的动作变形，热爱才是我们成长的真正动力。今天的大学生，和40多年前刚恢复高考的大学生，都在改革开放中迎新，然而环境有天壤之别：我们没有笔记本，没有互联网，没有复印机，甚至没有书，每一次教学楼内的小书店有了新书预告，无论是外国小说，还是古代文选，我们都奔走相告提前去排队。印象很深的是一本翻译的卡西尔的《人论》，几乎成了当年男生追女生的必备书，谁有这样一本书，就遭人羡慕嫉妒恨。我在图书馆里，手抄了王力的《汉语史稿》、陆志韦的《汉语构词法》等一系列专业书和论文。抄书辛苦，但写字成了一个咀嚼的过程，一个享受书法的过程，抄下来的文字让人乐在其中，格外珍惜。当然，后来有了复印机，我们还是很没出息地去大量复印了。我想告诉同学们，不要因为有了复印机，有了搜索和复制粘贴，让我们的大脑退化成了人工智能。不少外语专业的同学有一个很困惑的问题，他们问我：现在人工智能翻译得比我都好，我们怎么办？我表示一脸蒙。后来中文系的同学有了同样的困惑：人工智能古诗写得比我好，我们怎么办？让知识专业化当然是一个出路，丰富的历史知识背景有助于词语的理解。但这个出路说到底仍在人工智能的如来佛手掌中。我们的大学学习，一定要努力跳出如来佛的手掌。思考问题，要始终立足于自己对现象独特的感悟，不要轻易钻到现成的概念和知识体系中去，不要偷懒。前几天在上海召开的世界人工智能大会上有这样一段话：“每秒钟最多一百个字节的信息对于电脑来说太短太慢了，计算机看人一定觉得特别无聊……”我们满足于做这样无聊的人吗？爱因斯坦说过：“想象力比知识更重要。因为知识是有限的，而想象力是无限的，它包含了一切，推动着进步，是人类进化的源泉。”爱因斯坦还说：“创新不是由逻辑思维带来的，尽管最后的成果需要一个符合逻辑的结构。”今天我们不担心机器会像人一样思考，我们担心人像机器一样思考。为此，从进大学第一天始，把我们的审美 G 点放在修辞立其诚，而非修辞立其术。这里，我想特别转述画家吴冠中先生对学生说的话：“首先是自己有感受，如能不择手段地表达你的感受，哪怕你短于辞令，甚至有些口吃，留得真情在画图，代代知音不绝！这是石涛和凡·高不同于其他‘大师’‘巨匠’‘画圣’‘画王’等的本质区别。”

前不久，我的老师在微信上传给我一张照片，照片上有七个人，老师说这张照片集中了中国语文改革的巨擘，我认出了照片中的陈望道、吴文祺、周有光、倪海曙，他们都曾是复旦的教授或毕业于复旦的学者。老师说还有黎锦熙和陈鹤琴，另一人老师也认不出了。我把照片在微信上转给本科16级的一位同学，我说认出一个为“良”，认出两个为“优”。没想到她很快认出了周有光和黎锦熙，原来她正在常州参观周有光故居呢，这里有黎锦熙的照片。后来她又猜出了陈望道。我想告诉同学们，历史是会被遗忘的，传统的继往开来是需要努力的。我们复旦中文系有深厚的学术传统，我的博士论文就深受陈望道、张世禄、郭绍虞思想的影响，他们的理论在中国现代语言学中独树一帜，为我们建立适应汉语汉字特质的语言理论，提供了无尽的思想源泉。和他们对话，感觉就是“我恋爱了”！大学四年，同学们要在复旦中文的成长环境中如海绵吸水一样亲近传统，抓住各种机会勇敢地和老师交流。为什么传统这么重要？那位16级的同学说得好：“很多故事一开始都不了解，了解了这些故事后能感到复旦是和自己有联结的，会给人带来力量。”在今天越来越有可能成为一个平滑的国际自由人的语境下，我们要让自己牢牢立足于粗糙的地面，让本土文化为我们注入生命的力量。最近我正在编我的导师张世禄先生的全集，导师曾用“新松恨不高千尺”激励我们，我们也同样期盼新的一代在复旦中文的春风夏雨中茁壮成长。同学们，世界上最怕比你聪明、还比你努力的人；更怕比你聪明、比你努力、还很勇敢的人；如果说还有最最可怕的，那不是高颜值，而是比你聪明、比你努力、比你勇敢，并且还有信仰和热爱的人，希望大家都成为这样的人！

谢谢大家！

（本文为作者在复旦大学中文系2019级新生大会上的致辞）

变动的世界　不变的追求

肖永平

武汉大学法学院教授

尊敬的各位老师、亲爱的同学们：

很荣幸作为教师代表在今年的开学典礼上讲几句话。这是我在法学院学习工作 31 年中的第二次，第一次就发生在一个小时之前。首先，我代表学院和武汉大学国际法研究所以及我夫人对大家成功进入法学院表示祝贺与欢迎！我今天想讲的主题是：“变动的世界，不变的追求。”

回顾中华人民共和国成立 70 周年的发展历程可以发现：逢九必有大事。1949 年，中华人民共和国的成立彻底改变了世界的基本格局；1959 年，庐山会议使党内民主生活遭到严重破坏，导致经济上的“左”倾错误不断发展；1969 年，珍宝岛事件爆发，中苏关系急剧恶化；1979 年，中美建交为我国实施改革开放创造了良好的外部环境；1989 年那场风波的迅速平息，巩固了我国的社会主义阵地和 10 年改革开放的成果；1999 年，以美国为首的北约悍然用导弹袭击中国驻南斯拉夫大使馆，一度影响了中美关系；2009 年，美国金融危机波及全球，深刻影响全球经济治理体系；2019 年，史上广度与烈度最大的中美经贸摩擦不断升级，人类社会面临着百年未有之大变局。

在这个变动的世界，你们选择进入法门，无疑是相当正确的选择。因为法学是修身之学、是齐家之学、是治国理政之学，也是平天下之学。但是，要真正学好法学，并不是一件轻而易举的事情。对于你们未来四年的法学院生活，我有三点建议：

实现三个转变

四年法学本科学习本质上要实现从自然人到社会人的转变，从社会人到专业人的转变，从一般专业人到法律人的转变。

第一，从相对紧张封闭的中学生活到更加自由开放的大学生活，是你们人生中的一个重要转折点。你首先面临着从自然人到社会人的转变。回头看看你们的成长，在你 6 个月的时候，经历了生理上的断奶，你不再借助母亲的免疫能力，独自对抗不断恶化的自然环境；当你上幼儿园和小学的时候，你主要依靠父母的照顾而生活，依靠老师的严格管教而学习；在你进入初中和高中以后，你的生活仍然离不开父母的照料，学习也是在老师的主导下完成的。但是今天，当你挥手和父母告别以后，你正在经历一个心理上的“断奶期”，你可能有点迷茫、有点彷徨、有些不适应。这都是很正常的。我希望通过今天的成人仪式，尽量缩短你们心理上的“断奶期”，尽快完成从自然人到社会人的转变。

第二，从一般人到专业人的转变。一般说来，人们在高中以前学习的知识主要是一般性的基础知识。现代大学通过提供不同的学科和专业知识让学生购买，把学生培养成为不同领域和不同种类的专业人。所谓“做专业人，干专业事”，是指社会对专业人有不同的要求。总体来说，专业人的素质模型是由忠诚度、公平度、文化度、道德度、知识度、专业度构成的。因此，你们在大学的任务就不仅仅是学习专业知识。

第三，从一般专业人到法律人的转变。作为一种特殊的专业人，法律人必须具备四份商质和多种能力。这就是我的第二点建议。

养成四份商质

记得美国法学院协会在10多年前做过一项调查，它对50多家法学院毕业生在20年以后的职业发展状况做了一次统计分析，发现不管是从政、还是经商，或者从事其他职业，发展最好的那一部分同学在法学院期间的学习成绩排名大都处于前20%~40%。中国法学院毕业生的情况也差不多。这说明智商不是决定一个人成功的最关键因素。也就是说，法律人除了要具备法律专门知识这个“硬实力”以外，还需要具备很强的“软实力”。如果说我国目前的中小学教育还是侧重于开发学生的智商（IQ，Intelligence Quotient)的话，我国的大学教育已开始注意培养学生的情商（EQ，Emotion Quotient)。但对法学教育来说，仅仅发展这两种商质远远不够，法律人还要具备德商（MQ，Moral Intelligence Quotient)和职商（CQ，Career Quotient)。所谓德商，就是要求法律人具有比一般人更高的道德素养，严格遵守法律职业道德。所谓职商，就是要求法律人具有明确的法律职业发展规划，卓越法律人不仅仅要为了就业（为了个人生存）而学习法律，更要为了职业（为了特定人的利益）乃至事业（为了不特定人的利益）而学习。一个法律人的IQ、EQ、MQ和CQ是其综合素质的不同方面。有的时候，决定一个人成功的关键不是智商，而是情商、德商和职商等方面的综合实力。

这种综合实力，包括法律人应该具备的逻辑思维能力、研究分析判断能力、沟通表达能力、跨领域的第二或第三专长、外语能力、自我管理能力、团队合作能力、挫折承受能力、人际相处能力、持续的执行力和利他的价值观等。这些能力的形成需要长期的积累、多种形式的锻炼。

但是，根据我对“00后”学生的观察，你们学习外语的时间远远多于中文，外语水平提高了一点，但中文表达普遍较弱，这非常不利于法律的学习；你们在课外人机交流时间多于人际交流，与人合作与沟通的能力普遍不强，这对形成法律人的必要能力构成天然性障碍；伴随着物质生活条件的改善，你们的精神压力好像越来越大，这容易导致你们学习动力不足、学习兴趣丧失，严重时可能影响你们的精神健康。

对于这种情况，你们该怎么办？我建议你们完成“五个一”工程。

完成“五个一”工程

从法律上讲，年满18岁就是完全行为能力人。因此，在你们是无行为能力人和限制行为能力人的时候，父母和老师的监护和管理是他们法定的义务和职责。当你们成人以后，法律上要求你们对自己的行为负责。这就要求你们树立自立意识、自主意识和独立意识。

第一，要有经济上的自立意识。西方国家的大学生大都是自己向银行贷款完成学业，中国尽管社会文化和习惯不同，在你们经济自立以前，由父母供养好像理所当然，但如果你们心安理得地躺在父母的汇款单上睡大觉，甚至成为不折不扣的“啃老族”，就不符合“成人”的基本要求了。

第二，要有学习上的自主意识。可以说，你们在中学阶段主要以“学会”为目标，因为只要学会了，就能够顺利通过高考，进入自己理想的大学。但进入大学以后，你们的目标应该是“会学”。武汉大学已经采取多种措施，你们完全可以选择什么时候学习什么课程、怎么样学习、如何提高自己的学习能力等问题，老师只是给你们一些建议和指导。可以说，这是在学习问题上从“包办婚姻”走向“自由恋爱”。因此，你们只有“会学”，才能很好地完成大学的学习任务。

第三，要有行为上的独立意识。“成人”意味着你们具有独立的法律人格。因此，你们有权做以前不能做的事，独立从事各项活动，但必须为自己的行为负责。这是法律中权利、义务和责任的一致性原则所要求的。大家在以后的法律学习中会不断加深对这个原则的领会。

具体说来，我建议你们在大学四年尝试完成以下五件事：一是养成长期参加一项体育运动的习惯，保持身心健康。二是谈一场顺其自然的恋爱，学会怎样与人相处。三是精读一本法学名著，努力从无字处发现真理。四是精心准备一次公开演讲，训练自己的口才。五是拥有一段境外学术经历，开阔自己的眼界。

同学们，四年时间不短也不长，要实现上述三个转变、养成四份商质、完成五项工程，对于你们、我们老师和法学院来说，都是很大的挑战。让我们一起“仰望星空、脚踏实地”，帮助每一位同学都成为法治中国和国际法治建设的卓越法律人！

谢谢大家！

（本文为作者在武汉大学法学院 2019 级本科生开学典礼上的致辞）

用大学四年，完成一次独立人格的蜕变

牟 頔

米未传媒首席内容官

嗨，大家好，左边屏幕上的那张照片跟现在右边屏幕上的影像比是不是落差还蛮大的？这就是 4K（高清分辨率）的力量，让我们更真切地看清楚我们自己的样子。（编者注：今年的中国传媒大学开学典礼采用 5G+4K 技术进行现场直播）

很开心今天站在这儿，站在开学典礼这样的场域里跟大家做一次交流，但是也倍感压力，因为我感受到了场内一颗颗怦怦直跳的年轻的心。这也让我想到了自己的当年。

今天在来的路上为了缓解这种紧张，我打了两局王者荣耀，很不开心都输了，因为我的心思并没有在游戏当中。

我回忆起 2004 年我们入学的时候，我们班的男同学还只能在破旧的 PC 机上玩 CS，而女生只能在龟速的互联网上追看已经上线很久的《康熙来了》，这一切都像是昨天才发生的事情。

遥想那个时候，我们还没有微信，也没有爱奇艺，没有抖音，更没有小红书，移动互联网也没有像今天这样深刻地改变了我们的生活。

这不禁让我感慨时间真的是最珍贵也最神奇的存在，仅仅 15 年的时间，我们的生活好像发生了翻天覆地的变化，连我们的母校也有了像电子竞技这样先锋的专业。

在这场持续的变革浪潮中，作为渺小的个体，母校曾经给我的能量一直是我最重要的前进的动力。

接下来我想跟大家分享的这一些未必有用，也未必是对的，但确实是我真心想跟大家去讲一讲的我对大学时光的理解。

第一点是关于我们自己。大学时光将是我们充分感受和滋养自己的时光，是一段自己定义自己、引领自己的时间。

在这里没有人会强迫你学习，也没有人在强行灌输任何知识和观点给你，充分的思考的自由和选择权将会扑面而来，选修课、校园活动、实践作业在大量的时间里需要我们自己做决定，自己做选择，学什么做什么，我们要安排好自己的时间。

你可能也会开始体会到：科学有尺度，人生无对错，要如何过好自己接下来的人生，只有你自己可以给自己答案。这件事听起来很美好，但同时也兼具风险和挑战，各位同学，你们是否真的认真地想过如何开始和如何度过接下来几年的大学时光呢？

如果没有，没关系，今天是我们开学的第一天，也是探寻答案的开始，我们有时间可以跟自己好好聊一聊这些关于人生的大问题。

第二点是关于我们要做好的职业准备。你会意识到“靠谱儿”才是职业生涯最优秀的品质。

在学校的几年中，我充分体会到一句话：我自己不是万能的，团队才是。在瞬息万变的社会环境中保持一种开放的心态，学会与别人合作，是每个人都必须要具备的能力。

靠谱儿的品质可以在这件事情上给你帮很大的忙，凡事有反馈，对你的团队充分负责任，这些品质会在不经意间给你巨大的能量，让你成为团队中不可替代的一员。用大学的时光把自己培养成一个靠谱儿的传媒人，未来也不会辜负你。

第三点就是关于未来。你要了解当最终你踏出校门，你学到的技能，你大学的成绩固然重要，但都比不上一个充盈的大脑和一颗真诚的心。

技术会过时。曾经让我们引以为傲的线性编辑，在非线性编辑来临的时候倒下了，而当下任何互联网用户拿出他们的智能手机，就可以随意地编辑一段有趣的视频，在互联网上找到能够理解自己的人，并与他们充分地交流。

接下来呢，还会有什么改变呢，有人可以预测吗？5G 真的来了，你可以想象当人与人的连接可以发生几何倍的提速，那时的我们将会在媒体的环境中成为怎样的我们呢？我们唯一可以预见的是变化和接受变化，在变化中找到自己存在的位置是唯一不变的事情。

听到这些你兴奋吗？期待吗？

亲爱的同学们，学习技能固然重要，但更重要的是多读书多探索，独立思考，让自己的大脑变得健硕而有力量，以及千万不要忘记我们从何而来，我们为何而来，那颗真诚的心会在未来你遇到困难的时候真的帮到你。

最后想祝福各位师弟师妹们能够悦享这段大学时光，好好学习，好好读书，谈一段，也可以是几段真心的恋爱。

不论你选择做什么，请用心去度过接下来的几年时间，正在看直播的各位家长也可以放心，你们的宝贝们在这个学校会吃好喝好学好玩好，完成独立人格的最重要的一次蜕变。

最后我想说，这是一所有魅力的令人赞叹的学校。身在其中的时候，也许不自知，当你像我一样，离开它十几年，再回望跟它在一起的日子，你会感觉到它带给你的能量，在未来你的成长中一直陪伴着你，就仿佛你从来没有离开过这里一样。

（本文为作者在中国传媒大学 2019 级新生开学典礼上的致辞）

在思考与判断中成长

应义斌

浙江农林大学校长

亲爱的同学们：

大家晚上好！

今天，有 5031 名新同学正式加入浙江农林大学，成为这个自信坚韧、团结奋进的大家庭中的一员。从今往后，我们便拥有了一个共同且光荣的名字：浙农林人。今天，也恰逢第 35 个教师节，在此，我谨代表学校对同学们的加盟表示诚挚的问候和热烈的欢迎！向所有扎根教坛、辛勤耕耘的老师们表示衷心的感谢和崇高的敬意！

同学们，你们“十年寒窗苦，进得大学门”，可曾深切地问过自己：为什么要上大学、上大学要学会什么？有人会说，我想学习更多的专业知识、我想掌握一门技术、我想结识更多的朋友；也有人会说，我想获得毕业证书、我想将来有一份体面的工作；甚至有人会说没有想过上大学要学会什么，上大学仅仅是对父母的一个交代，等等。在这里，我并不想评判这些回答的对与错，但我想告诉同学们的是，上大学最需要学会的是“思考与判断”。因为，即使是一个经过独立思考而坚持错误观点的人也远比一个不假思索而接受正确观点的人更值得肯定，因为前者的人格是独立的，独立的人格比一切都更为重要。

其实，同学们今天能够站在美丽的东湖边，已经说明你们是一群挺会思考，也挺会做选择的年轻人，因为你们通过思考做出了一次重大且正确的选择：进入一所“严重被低估的高等学府”：浙江农林大学。

如果同学们不信，我这里有一组数据可以证明：你们选择的这所大学是浙江省重点建设高校，是拥有国家重点实验室的3所在浙高校之一；也是在浙高校中拥有全职院士的7所高校之一；学校主持获国家科学技术奖的数量在浙高校中位居第4、学校拥有的ESI全球前1%学科领域数量在浙高校中并列第6、学校拥有的一级学科博士学位授权点数量在浙高校中位居第7，这里还有位居中国大学校园植物数量排行榜第一位的美丽校园。特别是，近日同学们一定都在学习9月5日习近平总书记给全国50多所涉农高校的书记校长和专家代表的回信，但同学们可曾知道，我校是今年6月28日举行的中国新农科建设宣言发布会的主要承办单位。

同学们，正是由于你们“走心”的思考和判断，你们选择了浙江农林大学，也因此成功获取了人生中的一个极为重要的“大礼包”。在此，我必须代表全体老师向你们表示衷心的祝贺！

有人说：上大学之前，是“长成人”的阶段；上大学之后，则是“成长人”的阶段。我个人很赞同这句话。从来校报到那天开始，你们离开了熟悉的生活环境，耳边没有了家长的千叮万嘱，面前也不再有高中老师的严厉督促，人生第一次实现了“个体独立”。然而，不久后同学们就会慢慢发觉，原来“个体独立”的代价往往是要独立去面对一些以前未曾遇见的“成长困惑”：

你可能会惊讶，面对大学复杂的知识体系和繁重的学业任务，往往让人顾此失彼、捉襟见肘，并有点无所适从；

你可能会疑惑，为什么我的理解常常与教授的观点有如此大的差别？是提出质疑还是否定自己？这些确实令人难以抉择；

你可能会遇到，自己费尽心力却没能如愿转入那些所谓的“好”专业，于是成天担心会不会因此而影响未来的职业生涯；

你可能会发现，周围的人来自五湖四海，性格各异，想要做到和每个人很好地相处，好像并不是件容易的事情；

你可能会焦虑，那个原本志在必得的社团职务，竞选结果却不尽人意，于是开始对自己的能力产生怀疑……

说到这里，我们不妨回到前面所提出的那个问题，也许有些困惑可以得到正确的回答。

——上大学要学会什么？我这里想分享一个关于爱因斯坦的小故事：1921年，爱因斯坦获得诺贝尔物理学奖后第一次访问美国并在波士顿做学术演讲，有人问：“你可记得声音的速度是多少？你是如何记下许多东西的？”爱因斯坦答道：“声音的速度是多少，我务必查书本后才能回答。因为我不太记那些书本上已经记载过的东西，我的记忆力主要是用来记忆书本上没有的东西的。”随后他讲了一句非常值得我们每个人思考的名言：“大学教育的价值不是学习很多知识，而是让大脑学会思考。”事实的确如此，与初等教育专注单向知识灌输有所不同的是，大学教育则更在于通过知识的学习、技能的训练、文化的熏陶、价值的引领，让学生逐步养成对事物的内涵本质和底层逻辑进行深度思考与独立判断的习惯，这种习惯会在潜移默化间形成一片与己相宜的“思想疆域”，这片疆域不再局限于某一类知识或技能的习得，也不局限于某一种方法和技巧的获取，而是形成对于每个人而言都极为珍贵的深度思考逻辑和独立判断能力。

我想，如果你真正学会并习惯了深度的思考和独立的判断，它将会稳健而坚决地扩大你的认知边界，前面提到的一些所谓困惑也许就不成其为困惑了。

比如：

你会明白，面对浩瀚无边的学科知识，没有一个人可以记住所有的原理和公式，发现事物的本质和底层的逻辑远比获取知识更为重要；

你会明白，对于学术研究而言，每一位有学术抱负的教授都会鼓励开放式的思想交锋而不是权威式的答案服从，批判是对真理最大的尊重；

你会明白，专业并无好坏之分，适合自己的才是最好的。而且，只有尽一切努力做好当下自己能做的事，将来才有资格去做自己想做的事；

你也会明白，把握“度”这个字，对于与同学相处而言有多么重要。坦诚包容、不卑不亢，让身边的人感到舒服，是一个人最好的教养；

你还会明白，事物的发展是内因和外因共同作用的结果，内因才是决定事物发展的根本原因。无论做什么事情，成功也好，失败也罢，都要习惯首先从自身寻找原因，因为善于自省的强者一定比喜欢抱怨的弱者走得更远、更稳、更有自信……

不过，对于很多人而言，思考其实是件很辛苦的事情，所以没有太多人愿意去思考；判断也是件很让人头痛的事情，所以一些人干脆声称自己患有“选择恐惧症”。但我们还是必须不断地进行谨慎的思考，认真的研究，并做出理性的判断。

我也是一样。作为教授，我要花大量的时间进行思考、研究和判断，为我的学术团队把握前沿、预判未来；作为校长，我和学校管理服务团队的老师们每天都要处理大大小小的事务，推动学校治理水平的不断提升。因此我们必须时时慎思明辨、谋定笃行，正确处理好当务之急和长远之计的辩证统一关系。有一些是需要近期做好的事情，比如我们经多方调研、整体规划、突出细节，对整个校园进行景观改造提升，让美丽的校园变得更加美丽，不负中国最美大学之一的称号；比如，我们以生为本，尽一切可能提升同学们的学习生活体验。我们会尽快为每一间公共教室安装上新空调，让你们在酷暑难耐和寒潮来袭的季节里依然可以静心学习；我们对每一间食堂都进行了整体改造与功能提升，很多特色美味的菜品让同学们的味蕾不再觉得孤单。

当然，还有一些是任重而道远的目标。比如，61 年来，全体浙农林人始终传承“坚韧不拔、不断超越”的学校精神，始终铭记“求真、敬业”的学校校训，为把农林大学建设成为一所特色鲜明的高水平大学而不断努力与奋斗。毫无疑问，这是一项长期而艰巨的任务，需要包括同学们在内的所有浙农林人为之热爱、为之付出、为之奋斗。

所以，我希望同学们从今天开始，不断地学习深度思考与独立判断，在思考与判断中持续成长。因为每一次深度思考的过程，就是一次自我提升的经历；每一次独立判断的背后，就是一次自我完善的历练。如果几年后，当同学们离开农林大学走向社会时，能够蝶变成为一个勤于思考、善于判断、全面发展的时代新人，我想今天这篇讲话就是值得的。

最后，衷心希望同学们在这个“读书做学问的好地方”，放飞理想，绽放青春，拥抱未来，成就最好的自己！

谢谢大家！

（本文为作者在浙江农林大学 2019 级新生开学典礼上的致辞）

矢志做学问，宁静以致远

金东寒

天津大学校长

亲爱的同学们，尊敬的各位来宾、老师们：

大家下午好！

今天，我们隆重举行2019级研究生开学典礼，在此，我代表全校师生员工，向今年录取的1237名博士研究生和5911名硕士研究生表示热烈的欢迎和衷心的祝贺！

1840年的今天，正值第一次鸦片战争期间，清朝大学士琦善奉道光皇帝之命与英国驻华商务总监查理·义律在大沽口会晤，承诺：只要英舰折回广州，朝廷就会查办林则徐等人，实际上就是向英军投降。英军虽然撤回到广州，但要价却不断提高，清政府忍无可忍不得不开战。最终的结果各位都知道，清政府战败，被迫签订了中国近代第一个不平等条约——中英《南京条约》，丧失了香港主权。据文献记载，英方海军出动了40多条舰船，最大战列舰排水量不超过2000吨，兵力只有4000多人，最多时出兵1.9万人，却打败了清军20万人。英军伤亡不过500多人，而清军伤亡超过2.2万人。战败的主要原因一是装备落后，二是训练不足。后来，甲午战争又大败，签下丧权辱国的《马关条约》，装备落后和训练不足仍然是失败的重要原因。历史一再证明：落后就要挨打！

甲午战败后，“兴学强国”成为朝野共识。时任天津海关道盛宣怀通过直隶总督王文韶，奏请清廷设立新式学堂，他在奏折中写道：“自强首在储才，储才必先兴学。”1895 年 10 月 2 日经光绪皇帝御批，中国第一所现代大学——天津北洋西学学堂宣告成立，这就是我们天津大学的前身，“兴学强国”自然成为天大的使命。今年是天大走过的第 124 个年头，无论我们走多久，都不能忘记来时的路，都不能忘记兴学强国的伟大使命，而在现阶段，我们就是要为中华民族的伟大复兴做出天大的贡献。

今天，我们这所百年学府因为你们的到来增添了别样生机。你们在这里即将开启研究生阶段的学习生涯，这意味着你们不仅仅要学习获取知识，更要注重培养质疑与批判的精神，积极探索自然与文化的奥秘，勇于攀登思想与科学的高峰。研究生阶段的特别之处就在于，它会帮助你们实现从学习知识到创造知识，从人云亦云到独立思考，从懵懂学生到严谨学者的跨越式转变。

朱熹曾言：“为学之道，莫先于穷理；穷理之要，必先于读书。”为学就是做学问，穷理就是探究事物的规律，而要探究规律就必须具备深厚的知识积累。学习的精髓在于研究，而科学研究本身是件艰辛繁重的苦差事，需要吃苦不怕苦、知难不畏难的精神。你们一定要在喧嚣中保持内心的宁静，立志做大学问，做真学问。无论你们将来是否“以研究为生”，我都希望你们能在这个过程中穷究学理、锤炼品格，以丰厚的学识和高尚的人格滋养人生。

一、做学问以求真为本，要有实事求是的科学精神。1915 年，时任北洋大学校长的赵天麟将“实事求是”四个字作为校训延续至今。在我看来，“实事求是”告诉我们，做学问要从实际出发，以事实为依据，以效果为导向，坚持理论联系实际，在实践中探索真理、把握规律。百年校训“实事求是”在岁月积淀中历久弥新，早已成为天大人共同的文化基因，实事求是的科学精神也应当成为天大人的“第一课”。

实事求是的科学精神需要你们保持理性思考，学会批判性思维，善于用科学的方法认识世界，总结规律，指导实践。很多重大科学成果的诞生，往往都是对传统认知的颠覆和对科学真理的坚持。正是爱因斯坦敢于挑战权威，大胆质疑牛顿经典力学，才有了相对论的问世。在未来的学习和工作中，你们要永远不满足现状，永远不脱离现实，真正做到“不唯书、不唯上、只唯实”。

实事求是的科学精神需要你们坚守严谨治学的校风。国内光纤通信领域专家、我校自动化学院杨恩泽老先生即将迎来100周岁生日，但至今仍然工作在教学科研第一线。他的研究生曾将偶然发现的实验现象作为结论用在自己的论文中，杨老先生发现后，立即要求进行理论分析。这位同学至今都记得杨老先生的教诲：“科学研究不能有任何想当然的侥幸，光有实验结果的论文是不完整的，没有理论推导，实验就没有根基。”同学们，做学问是一件实实在在的事，来不得半点虚假和马虎，一万小时的锤炼是从平凡走向卓越的必经之路。希望你们在今后的学习和工作中，都能秉持求真务实的态度，积淀扎实的学识，打牢治学的根基。

二、做学问以求新为要，要有矢志创新的不懈追求。要坚信任何事物都有改进的可能，重要的是你是否能够发现问题，并能找到解决的办法。在我看来，只要你有问题意识，你就会发现这个世界有无数的地方需要改进；只要你坚信办法永远比困难多，善于接受新思想、新观念，你一定能找到解决问题的方法。只要用心，人人都能创新。

举一个我本人的例子。活塞杆密封是热气机的关键技术。要开发出高性能高可靠性的密封系统，首先要建一个试验台，能够准确测量微小的泄漏。当时，国际上有两种方法：一种是直接法，需要用到氦质谱仪，价格是我课题费的数倍，买不起。另一种是间接法，通过测量氦气的温度和压力算出泄漏量，好处是简单便宜，缺点是误差非常大。我就想到了高中化学学到的排水取气法，既简单便宜，又精度高，最终很好地解决了这个问题。

今年以来，我们高兴地看到：机械学院空间力学团队多项科研成果应用于嫦娥探月工程和火星探测计划；精仪学院光纤传感团队研发的高效传感器，实现了一系列光纤传感领域的突破；材料学院功能碳复合团队研制出超高能量氟化碳材料，有望助力我国率先突破超高能量存储这一“卡脖子”关键技术。所有这些创新成果的背后都凝聚着天大师生对矢志创新孜孜不倦的追求。创新之路注定坎坷，求知求学、科研攻关没有捷径。同学们，你们要认清前进的方向，以坚韧不拔的毅力和迎难而上的勇气应对一切挑战。希望你们在今后的学习和工作中，注意培养创新思维，激活创新潜能，磨炼创新意志，不断提高创新能力。

三、做学问以求实为魂，要有家国情怀的使命担当。你们要脚踏实地，知行合一，把个人的理想奋斗融入祖国建设中，自觉肩负起实现中华民族伟大复兴“中国梦”的使命与担当。“兴学强国”的使命是天大人跨越三个世纪的坚守，一代代天大人聚焦国家重大需求和世界科技发展前沿，以推动社会进步、谋求人类福祉为己任，践行校歌中传唱的“不从纸上逞空谈，要实地把中华改造”的庄严承诺。

建筑学院年过七旬的王其亨教授带领团队完成众多世界文化遗产和全国重点文物保护单位的测绘，为“样式雷”整整跑了 36 年，整理、鉴识、判读出了一万多张“样式雷”图档。他向中国、向世界证明了中国古建筑的不朽价值，以实际行动诠释了“家国情怀”。最近，在中央 4 台播出的《雅砻江新传》中，同样有我们天大人的身影。建工学院水工科研团队承担的锦屏水电站大坝泄洪测试取得成功，这个被誉为“世界最难建设”大坝不仅是世界第一高坝，其施工难度也是世界施工界罕见的。天大人将不可能变成了现实，用智慧和汗水创造了中国水电史上鬼斧神工的奇迹。“人必真有爱国心，然后方可以用大事”。你们身处的这个时代需要仰望星空，更需要脚踏实地。天大人从来都是坚定的行动派。希望你们在今后的学习和工作中，坚守家国情怀，传承天大品格，担负时代使命，努力把论文写在祖国大地上。

青年者，国之魂也，生逢其时，重任在肩。再过一个月，我们将迎来中华人民共和国成立 70 周年，你们成长的这些年，见证了祖国的繁荣富强。希望你们珍惜在天大的时光，矢志做学问，宁静以致远。未来，你们定将成为驱动中华民族加速迈向伟大复兴的蓬勃力量！

谢谢各位！

（本文为作者在天津大学 2019 级研究生开学典礼上的致辞）

做最“清华”的选择

杨雯惠
清华大学学生会主席

尊敬的各位老师，亲爱的师弟师妹们：

大家上午好！

首先请允许我代表园子里的师兄师姐、代表清华大学学生会，向“9”字班师弟师妹们的到来致以最热烈的欢迎！

在过去寒窗苦读的十多年里，大家一定都做过很多的选择题，在做这些选择的时候，我们或是需要精密的数学计算，或是需要缜密的逻辑推理，考入清华的大家一定都做对了其中的绝大多数。但我更想要恭喜大家的是，一个多月前，你们很可能做对了人生中一道非常重要的选择题，那就是选择清华。

当然，人生并不会因为大家选择清华而变得简单。今后，小到选择什么样的课程、用什么样的方式去度过课余时光，大到在未来选择什么样的发展方向，这些大大小小的选择会串联成线，构成我们最宝贵的清华时光。

今天在这里，我虽然不能告诉大家每一道题的答案，也不能预知每一种选择的结果，但我可以和大家分享的是，在我们脚下这片土地成长过的清华人都做着什么样的选择。

清华人的选择，是少一些盲从，多一些探索。

更自信、更开放的清华给我们更大的舞台，各位师弟师妹，你们将有至少四年的时间去探索新世界的广袤。虽身在清华，我们却可以不必把脚步设限于清华，每年的寒暑假，清华学子们都会奔向祖国大地的四面八方开展社会实践。能动系五字班的冯晨龙同学励志要做“最苦、最累、最折磨人”的实践，三年的时间里，他累计为贫困乡村及中小学搭建太阳能路灯 5 盏、太阳能灶 20 台、太阳能热水器 40 台。身在清华，我们的知识源泉也可以不止于中国大地，2018 年，超过 50% 的本科生在学期间有海外学习的经历，学校新成立的“学生全球胜任力发展指导中心”也将助力我们走向多元文化交流的世界舞台。身在清华，我们甚至可以不必把目光拘泥于地球表面，下至 2400 米深的暗物质实验室进入加快建设新阶段，上至“天格计划”首颗实验卫星发射成功，或许你会觉得不可思议，但“天格计划”学生兴趣团队的组成人员正是我们身边的 50 余位本科生。身在清华，不只有一千、一万种选择去做的事情供我们挑选，不盲从、有主见的你更可以尽情探索，去创造一个属于你自己的选择。

清华人的选择，是少一些安逸，多一些拼搏。

清华园虽然美丽，但大家未来将要面对的，绝不是花团锦簇、无忧无虑的乐园，遇到困难、挑战和挫折，都是非常平常的事情。在过去的四年生活中，我也曾经历过很多个看上去惊心动魄的时刻。渐渐地，我发现了两个规律：第一个规律是，起起是偶然，落落才是我们生活的常态，用一颗平和从容的心去接纳困难，才能让我们拥有更好的状态去战胜它；第二个规律是，只要思想不滑坡，办法总比困难多。各位师弟师妹，当你们遇到困难的时候，不要觉得自己是唯一的一个，在你之前，在你之后，都有无数的清华人在这里经过摸爬滚打才成长起来。就在昨天，在座的大家都领到了一包新学期的学习加油糖，这 4000 余份创意糖果都是由清华大学学生会的师兄师姐们亲手包装的，糖果虽小，却饱含了我们对大家最真挚的祝福，希望大家都能在今后遇到困难的时候咬紧牙关，选择去做一个坚持拼搏的清华人。

清华人的选择，是少一些推脱，多一些担当。

“祖国终将选择那些选择了祖国的人。”清华前辈们用自己的选择，响应中华民族对我们的号召。百年前，他们经历了五四运动的洗礼，选择走上社会主义的道路，探求人民的真幸福。他们在抗战的烽火中，或矢志学术，或投笔从戎，前后有千余人选择参军。新中国成立之后，清华人仍然选择站在服务祖国与人民的前线，用密云水库交上一份实干的毕业答卷，还有平均年龄23岁半的前辈们“用双手撑起祖国原子能事业的春天”。前辈们曾说，“选择了清华，就是选择了一生的责任”。这份责任对我们而言其实不是遥不可及，我们可以选择“从我做起，从现在做起”，关心身边的朋友，在寝室、班级等各个集体里发光发热，付出一点儿自己的时间和精力，去体会为他人奉献的快乐，今日的我们也将为未来承担更大的责任打下坚实的基础。

亲爱的师弟师妹们，其实我们都知道，选择探索可能会带来意想不到的挫败，选择拼搏往往让我们远离他人脚下的捷径，选择担当意味着要付出更多默默无闻的汗水。或许在你之前的印象中，清华人都是绝顶的聪明，精密的数学计算、缜密的逻辑推理会帮助他们做出短期内收益最大的选择。但我想和大家分享的是，出于对探索未知的渴望、对追逐梦想的赤诚、对祖国大地的深情，那些当时看上去没那么实际、没那么安逸、没那么划算的选择，往往正是属于清华人的选择，这样的选择，会在长远的未来绽放出更加耀眼的光芒。

亲爱的师弟师妹们，清华，一定会成为我们一生的骄傲，但希望，考上清华只是大家人生的新起点而不是顶点。选择清华，你一定会不虚此行，也希望，大家在今后的每一个岔路都能做出属于自己“最清华”的选择。

亲爱的“9”字班，再一次祝贺你们，期待你们在清华园都能不负过往、拼搏现在、成就未来！

谢谢大家！

（本文为作者在清华大学2019级本科生开学典礼上的致辞）

附　录

就任北京大学校长之演说

蔡元培

五年前，严几道先生为本校校长时，余方服务教育部，开学日曾有所贡献于同校。诸君多自预科毕业而来，想必闻知。士别三日，刮目相见，况时阅数载，诸君较昔当必为长足之进步矣。余今长斯校，请更以三事为诸君告。

一曰抱定宗旨。诸君来此求学，必有一定宗旨，欲求宗旨之正大与否，必先知大学之性质。今人肄业专门学校，学成任事，此固势所必然。而在大学则不然，大学者，研究高深学问者也。外人每指摘本校之腐败，以求学于此者，皆有做官发财思想，故毕业预科者，多入法科，入文科者甚少，入理科者尤少，盖以法科为干禄之终南捷径也。因做官心热，对于教员，则不问其学问之浅深，惟问其官阶之大小。官阶大者，特别欢迎，盖为将来毕业有人提携也。现在我国精于政法者，多入政界，专任教授者甚少，故聘请教员，不得不聘请兼职之人，亦属不得已之举。究之外人指摘之当否，姑不具论。然弭谤莫如自修，人讥我腐败，而我不腐败，问心无愧，于我何损？果欲达其做官发财之目的，则北京不少专门学校，入法科者尽可肄业法律学堂，入商科者亦可投考商业学校，又何必来此大学？所以诸君须抱定宗旨，为求学而来。入法科者，非为做官；入商科者，非为致富。宗旨既定，自趋正轨。诸君肄业于此，或三年，或四年，时间不为不多，苟能爱惜分阴，孜孜求学，则其造诣，容有底止。若徒志在做官发财，宗旨既乖，趋向自异。平时则放荡冶游，考试则熟读讲义，不问学问之有无，惟争分数之多寡；试验既终，书籍束之高阁，毫不过问，敷衍三四年，潦草塞责，文凭到手，即可借此活动于社会，岂非与求学初衷大相背驰乎？光阴虚度，学问毫无，是自误也。且辛亥之役，吾人之所以革命，因清廷官吏之腐败。既在今日，吾人对于当轴多不满意，亦以其道德沦丧。今诸君苟不于此时植其基，勤其学，则将来万一因生计所迫，出而任事，担任讲席，则必贻误学生；置身政界，则必贻误国家。是误人也。误己误人，又岂本心所愿乎？故宗旨不可以不正大。此余所希望于诸君者一也。

二曰砥砺德行。方今风俗日偷，道德沦丧，北京社会，尤为恶劣，败德毁行之事，触目皆是，非根基深固，鲜不为流俗所染。诸君肄业大学，当能束身自爱。然国家之兴替，视风俗之厚薄。流俗如此，前途何堪设想。故必有卓绝之士，以身作则，力矫颓俗。诸君为大学学生，地位甚高，肩此重任，责无旁贷，故诸君不惟思所以感已，更必有以励人。苟德之不修，学之不讲，同乎流俗，合乎污世，已且为人轻侮，更何足以感人。然诸君终日伏首案前，芸芸攻苦，毫无娱乐之事，必感身体上之苦痛，为诸君计，莫如以正当之娱乐，易不正当之娱乐，庶于道德无亏，而于身体有益。诸君入分科时，曾填写愿书，遵守本校规则，苟中道而违之，岂非与原始之意相反乎？故品行不可以不谨严。此余所希望于诸君者二也。

三曰敬爱师友。教员之教授，职员之任务，皆以图诸君求学便利，诸君能无动于衷乎？自应以诚相待，敬礼有加。至于同学共处一堂，尤应互相亲爱，庶可收切磋之效。不惟开诚布公，更宜道义相勖，盖同处此校，毁誉共之。同学中苟道德有亏，行有不正，为社会所訾詈，已虽规行矩步，亦莫能辩，此所以必互相劝勉也。余在德国，每至店肆购买物品，店主殷勤款待，付价接物，互相称谢，此虽小节，然亦交际所必需，常人如此，况堂堂大学生乎？对于师友之敬爱，此余所希望于诸君者三也。

余到校视事仅数日，校事多未详悉，兹所计划者二事：一曰改良讲义。诸君既研究高深学问，自与中学、高等不同，不惟恃教员讲授，尤赖一己潜修。以后所印讲义，只列纲要，细微末节，以及精旨奥义，或讲师口授，或自行参考，以期学有心得，能裨实用。二曰添购书籍。本校图书馆书籍虽多，新出者甚少，苟不广为购办，必不足供学生之参考。刻拟筹集款项，多购新书，将来典籍满架，自可旁稽博采，无虞缺乏矣。今日所与诸君陈说者只此，以后会晤日长，随时再为商榷可也。

（本文为作者 1917 年就任北京大学校长时发表的演说）

教授的责任

梅贻琦

今天是本校本学年开始上课的一天，新旧教授及新旧同学到校不久。今天藉行开学礼的机会，使师生们大家聚会见面，同时各同学可以领略各位教授的教言，这是我们最可欢欣的事。本校在过去一年间，正值国难临头，风云紧急的时期，但国势虽如此危急，本校校务、功课各方面，均尚能照常进行，未因时局关系，而致稍有停滞，此诚值得我们庆幸自慰的。至于本学年未来之一年中，能否仍照这样安安静静的读书，此时自不可知，此后惟有大家在校一天，各人本其职务上应当做的事，努力尽其责任而已。

现在藉此聚会，要与诸君略谈几点。因为清华就表面上看去，见其学者来校教书之日众，建筑设备之渐增，似乎大有蒸蒸日上之概。但考诸实际，亦自有其困难，及其危机之存在：

一、本校经费，向来稳固，大家从未虑到有何意外之发生。不意今春政府因财政竭蹶，停付英美庚款一年，本校经费来源，即为美国退还庚款之一部。今停付一年，见诸实行，本校立即蒙受影响。当此事发生后，经本人向政府商榷的结果，在此一年间，借给本校维持费国币一百万元。惟因所入不敷所出，即有种种困难发生，只得将可节减者设法节减；可延缓者暂行延缓。其他仍须按照计划渐次进行，总期必要举办、不可或缓者，不使感受影响。现有唯一之希望，只求满一年后，庚款照常支付，本校始可赖以维持进展。如果不然，则大家殊难抱乐观。因本校经费，维持美退庚款拨充，不另受政府资助，已如上言。每月庚款收入项下，除支付学校经费及留美经费外，其尤关紧要者，即此后本校基金之积存，端赖以后数年中之美国退款之余款拨充。倘一年以后庚款再有问题，则基金成立困难，而学校根本动摇，所谓危机即在此。

二、即本校今年收录新生之多，为历年所未有。各地学校或受时局影响，或缘特殊原因，使一般青年求学问题发生困难。故今年投考本校者，亦较前激增。本校尽力之所及，特别增加名额，俾多于外间同学一求学机会。现在新同学，竟占全体学生三分之一，其中因素因习惯之不同，以及所受训习之各异，在团体中难免有参差不齐之处，希望新旧两方面融合起来，共同保持清华以往的良好的学风。我们也相信清华也有很多应行改良之处，我们亦要设法纠正，其固有之优点，大家亦要爱护保持，一方面要靠旧同学随时检点，来作榜样，同时还希望新同学大家多多注意自勉。

三、本校一年以来，有些新的发展。例如法学院法律学系之增设，工程学科之扩充。此外若已进行之各项建筑，不久皆可完成，在外观上看来，总算不错。再加上园内生活之安适，读书研究之便利，大可闭起园门，埋首用功，不必再问外事。但大家不要因自已环境之舒适，而忘怀园外的情形。在中国今日状况之下，除安心读书外，还要时时注意到国家的危难。吾们如果要像欧洲中世纪僧院的办法，是绝对做不到的。但我们要纾难救国，不必专以开会宣传为已尽其责。宣传效果之如何，是大家所共知的。我们应该从事实上研究怎样可以得到切实有效的方法，帮助国家做种种建设的事业。这样才可以把学问做活了。

我们的学生将来才成社会上真有用的人才。凡一校精神所在，不仅仅在建筑设备方面之增加，而实在教授之得人。本校得有请好教授之机会，故能多聘好教授来校。这是我们非常可幸的事。从前我曾改易《四书》中两语：“所谓大学者，非谓有大楼之谓也，有大师之谓也。”现在吾还是这样想，因为吾认为教授责任不尽在指导学生如何读书，如何研究学问。凡能领学生做学问的教授，必能指导学生如何做人，因为求学与做人是两相关联的。凡能真诚努力做学问的，他们做人亦必不取巧，不偷懒，不作伪，故其学问事业终有成就。以后谈话机会甚多，余不多说。现在即介绍去年休假出国、新近回校的各位教授讲演游历各国之感想，以增加我们进取的精神，并请各位新聘教授赐以教言……

（本文为作者 1932 年在清华大学开学典礼上的致辞）

善未易明　理未易察

胡　适

北京大学原校长

今天我们没有什么隆重仪式，我个人来与同学说几句家常的话。

胜利复员之后，人数是大大的增多了。总计大概要超过四千名，比起联大来还大一倍，比老北大大三倍。从前抱残守缺地只设文法理三院，现在加医农工三个学院，这局面实在很大，我们觉得责任和前途也正很大。

希望不必说得太高，理想也不要成为梦想，今天我们觉得困难还很多，可是我们的财产，精神的财产、物质的财产都不少。精神上有蔡、蒋二位先生的传统，三十年来蔡先生的仪风，自由讲争独立研究的精神，加上抗战八年之中吃苦耐劳的精神。我们更不要忘记教员在沦陷期间的奋斗。孟心史先生、马幼渔先生、钱玄同先生皆在沦陷期间替中国保全了清白和忠贞而逝世了。又如沈兼士在辅仁大学作地下工作，后来隐藏不住冒险到内地。这是八年中的吃苦和坚忍的精神遗产。至于物质遗产，北大在国立和私立大学之中是最有点基础的。这里第四院的十一万册图书，一本都没有损失，北大图书馆五十万卷国书亦未毁坏。

我希望大家把学堂当作学堂，做成功今日最高的学术研究机关。这样的理想不能算夸大，不能算梦想。

至于如何把北大做到最高学府，我想有两方面，可以提供给先生批评，给同学考虑。

一、提倡学术研究：望先生携学生多做研究，做独立的创见。希望各位先生对此精神作高深的学术研究。

二、对于学生，希培养成能够充分地利用工具，能够独立的研究、独立的思想。这一方面是研究学问，另一面是做人。外面贴着欢迎我的标语，这“自由思想，自由学术”，为什么不说“独立思想”呢？我用“独立”，因为独立和“自由思想，自由研究”不同。北大向来的传统是如此，思想当然自由，学术也当然自由，不用再说，而独立精神倒是值得一提的。自由是对外界束缚的，北大三十年的传统，并没有限制先生的思想和学士的研究，自由当作当然的信守。什么是独立呢？“独立”是你们自己的事，给你自由而不独立这是奴隶，独立要不盲从，不受欺骗，不依傍门户，不依赖别人，不用别人耳朵为耳朵，不以别人的脑子为脑子，不用别人的眼睛为眼睛，这就是独立的精神。

同时希望个个学生、教授把学校当作学校，当作你们的母校，求学问和研究学问、求知做人和训练做事的机关，不要使得学校惭愧，这是老生常谈；我再说句老生常谈的话：古人说活到老学到老。我五十六岁才觉得这话意义真深刻，我们若忘了自己是学生，我们会把事情把问题看得容易。我说对政治不感兴趣，昨天安徽同乡问我安徽主席是谁、教育厅长是谁，我皆的确不知道，的确我还未曾学到。人家说我做一年半载小学生是逃避发表意见吗？是客气吗？在我的确希望对政治问题和其它一切问题上永远保持学生的态度。我送诸君八个字，这是与朱子同时的哲学家文学家，作《东莱博议》的吕祖谦先生说的“善未易明，理未易察”。我以老大哥的资格把这八个大字，送给诸位。

（作者在北京大学 1946 年开学典礼上的致辞，本文有删节）

少年中国说

梁启超

日本人之称我中国也，一则曰老大帝国，再则曰老大帝国。是语也，盖袭译欧西人之言也。呜呼！我中国其果老大矣乎？梁启超曰：恶！是何言！是何言！吾心目中有一少年中国在。

欲言国之老少，请先言人之老少：老年人常思既往，少年人常思将来。惟思既往也，故生留恋心；惟思将来也，故生希望心。惟留恋也，故保守；惟希望也，故进取。惟保守也，故永旧；惟进取也，故日新。惟思既往也，事事皆其所已经者，故惟知照例；惟思将来也，事事皆其所未经者，故常敢破格。老年人常多忧虑，少年人常好行乐。惟多忧也，故灰心；惟行乐也，故盛气。惟灰心也，故怯懦；惟盛气也，故豪壮。惟怯懦也，故苟且；惟豪壮也，故冒险。惟苟且也，故能灭世界；惟冒险也，故能造世界。老年人常厌事，少年人常喜事。惟厌事也，故常觉一切事无可为者；惟好事也，故常觉一切事无不可为者。老年人如夕照，少年人如朝阳；老年人如瘠牛，少年人如乳虎；老年人如僧，少年人如侠；老年人如字典，少年人如戏文；老年人如鸦片烟，少年人如泼兰地酒；老年人如别行星之陨石，少年人如大洋海之珊瑚岛；老年人如埃及沙漠之金字塔，少年人如西伯利亚之铁路；老年人如秋后之柳，少年人如春前之草；老年人如死海之潴为泽，少年人如长江之初发源；此老年与少年性格不同之大略也。梁启超曰：人固有之，国亦宜然。

梁启超曰：伤哉，老大也！浔阳江头琵琶妇，当明月绕船，枫叶瑟瑟，衾寒于铁，似梦非梦之时，追想洛阳尘中春花秋月之佳趣。西宫南内，白发宫娥，一灯如穗，三五对坐，谈开元、天宝间遗事，谱霓裳羽衣曲。青门种瓜人，左对孺人，顾弄孺子，忆侯门似海珠履杂遝之盛事。拿破仑之流于厄蔑，阿剌飞之幽于锡兰，与三两监守吏，或过访之好事者，道当年短刀匹马驰骋中原，席卷欧洲，血战海楼，一声叱咤，万国震恐之丰功伟烈，初而拍案，继而抚髀，终而揽镜。呜呼，面皴齿尽，白发盈把，颓然老矣！若是者，舍幽郁之外无心事，舍悲惨之处无天地；舍颓唐之外无日月，舍叹息之外无音声；舍待死之外无事业。美人豪杰且然，而况于寻常碌碌者耶？生平亲友，皆在墟墓，起居饮食，待命于人。今日且过，遑知他日？今年且过，遑恤明年？普天下灰心短气之事，未有甚于老大者。于此人也，而欲望以拿云之手段，回天之事功，挟山超海之意气，能乎不能？

呜呼！我中国其果老大矣乎？立乎今日以指畴昔，唐虞三代，若何之郅治；秦皇汉武，若何之雄杰；汉唐来之文学，若何之隆盛；康乾间之武功，若何之烜赫。历史家所铺叙，词章家所讴歌，何一非我国民少年时代良辰美景、赏心乐事之陈迹哉！而今颓然老矣！昨日割五城，明日割十城，处处雀鼠尽，夜夜鸡犬惊。十八省之土地财产，已为人怀中之肉；四百兆之父兄子弟，已为人注籍之奴，岂所谓“老大嫁作商人妇”者耶？呜呼！凭君莫话当年事，憔悴韶光不忍看！楚囚相对，岌岌顾影，人命危浅，朝不虑夕。国为待死之国，一国之民为待死之民。万事付之奈何，一切凭人作弄，亦何足怪！

梁启超曰：我中国其果老大矣乎？是今日全地球之一大问题也。如其老大也，则是中国为过去之国，即地球上昔本有此国，而今渐澌灭，他日之命运殆将尽也；如其非老大也，则是中国为未来之国，即地球上昔未现此国，而今渐发达，他日之前程且方长也。欲断今日之中国为老大耶？为少年耶？则不可不先明“国”字之意义。夫国也者，何物也？有土地，有人民，以居于其土地之人民，而治其所居之土地之事，自制法律而自守之；有主权，有服从，人人皆主权者，人人皆服从者。夫如是，斯谓之完全成立之国。地球上之有完全成立之国也，自百年以来也。完全成立者，壮年之事也。未能完全成立而渐进于完全成立者，少年之事也。故吾得一言以断之曰：欧洲列邦在今日为壮年国，而我中国在今日为少年国。

夫古昔之中国者，虽有国之名，而未成国之形也。或为家族之国，或为酋长之国，或为诸侯封建之国，或为一王专制之国。虽种类不一，要之，其于国家之体质也，有其一部而缺其一部。正如婴儿自胚胎以迄成童，其身体之一二官支，先行长成，此外则全体虽粗具，然未能得其用也。故唐虞以前为胚胎时代，殷周之际为乳哺时代，由孔子而来至于今为童子时代，逐渐发达，而今乃始将入成童以上少年之界焉。其长成所以若是之迟者，则历代之民贼有窒其生机者也。譬犹童年多病，转类老态，或且疑其死期之将至焉，而不知皆由未完成未成立也，非过去之谓，而未来之谓也。

且我中国畴昔，岂尝有国家哉？不过有朝廷耳。我黄帝子孙，聚族而居，立于此地球之上者既数千年，而问其国之为何名，则无有也。夫所谓唐、虞、夏、商、周、秦、汉、魏、晋、宋、齐、梁、陈、隋、唐、宋、元、明、清者，则皆朝名耳。朝也者，一家之私产也；国也者，人民之公产也。朝有朝之老少，国有国之老少。朝与国既异物，则不能以朝之老少而指为国之老少明矣。文、武、成、康，周朝之少年时代也；幽、厉、桓、赧，则其老年时代也；高、文、景、武，汉朝之少年时代也；元、平、桓、灵，则其老年时代也。自余历朝，莫不有之，凡此者，谓为一朝廷之老也则可，谓为一国之老也则不可。一朝廷之老且死，犹一人之老且死也，于吾所谓中国者何与焉。然则，吾中国者，前此尚未出现于世界，而今乃始萌芽云尔。天地大矣，前途辽矣，美哉，我少年中国乎！

玛志尼者，意大利三杰之魁也。以国事被罪，逃窜异邦，乃创立一会，名曰“少年意大利”。举国志士，云涌雾集以应之。卒乃光复旧物，使意大利为欧洲之一雄邦。夫意大利者，欧洲第一之老大国也，自罗马亡后，土地隶于教皇，政权归于奥国，殆所谓老而濒于死者矣，而得一玛志尼，且能举全国而少年之，况我中国之实为少年时代者耶？堂堂四百余州之国土，凛凛四百余兆之国民，岂遂无一玛志尼其人者。

龚自珍氏之集有诗一章，题曰《能令公少年行》。吾尝爱读之，而有味乎其用意之所存。我国民而自谓其国之老大也，斯果老大矣；我国民而自知其国之少年也，斯乃少年矣。西谚有之曰："有三岁之翁，有百岁之童。"然则，国之老少，又无定形，而实随国民之心力以为消长者也。吾见乎玛志尼之能令国少年也，吾又见乎我国之官吏士民能令国老大也，吾为此惧！夫以如此壮丽浓郁翩翩绝世之少年中国，而使欧西、日本人谓我为老大者何也？则以握国权者皆老朽之人也。非哦几十年八股，非写几十年白折，非当几十年差，非捱几十年俸，非递几十年手本，非唱几十年喏，非磕几十年头，非请几十年安，则必不能得一官，进一职。其内任卿贰以上，外任监司以上者，百人之中，其五官不备者，殆九十六七人也。非眼盲则耳聋，非手颤则足跛，否则半身不遂也。彼其一身饮食步履视听言语，尚且不能自了，须三四人左右扶之捉之，乃能度日，于此而乃欲责之以国事，是何异立无数木偶而使治天下也！且彼辈者，自其少壮之时既已不知亚细亚、欧罗巴为何处地方，汉祖唐宗是那朝皇帝，犹嫌其顽钝腐败之未臻其极，又必搓磨之，陶冶之，待其脑髓已涸，血管已塞，气息奄奄，与鬼为邻之时，然后将我二万里山河、四万万人命，一举而畀于其手。呜呼！老大帝国，诚哉其老大也！而彼辈者，积其数十年之八股、白折、当差、捱俸、手本、唱诺、磕头、请安，千辛万苦，千苦万辛，乃始得此红顶花翎之服色，中堂大人之名号，乃出其全副精神，竭其毕生力量，以保持之。如彼乞儿拾金一锭，虽轰雷盘旋其顶上，而两手犹紧抱其荷包，他事非所顾也，非所知也，非所闻也。于此而告之以亡国也，瓜分也，彼乌从而听之，乌从而信之！即使果亡矣，果分矣，而吾今年既七十矣，八十矣，但求其一两年内，洋人不来，强盗不起，我已快活过了一世矣！若不得已，则割三头两省之土地奉申贺敬，以换我几个衙门；卖三几百万之人民作仆为奴，以赎我一条老命，有何不可？有何难办？鸣呼！今之所谓老后、老臣、老将、老吏者，其修身、齐家、治国、平天下之手段，皆具于是矣。“西风一夜催人老，凋尽朱颜白尽头。”使走无常当医生，携催命符以祝寿，嗟乎痛哉！以此为国，是安得不老且死，且吾恐其未及岁而殇也。

梁启超曰：造成今日之老大中国者，则中国老朽之冤业也；制出将来之少年中国者，则中国少年之责任也。彼老朽者何足道，彼与此世界作别之日不远矣，而我少年乃新来而与世界为缘。如僦屋者然，彼明日将迁居他方，而我今日始入此室处。将迁居者，不爱护其窗栊，不洁治其庭庑，俗人恒情，亦何足怪。若我少年者，前程浩浩，后顾茫茫。中国而为牛、为马、为奴、为隶，则烹脔棰鞭之惨酷，惟我少年当之；中国如称霸宇内、主盟地球，则指挥顾盼之尊荣，惟我少年享之，于彼气息奄奄与鬼为邻者何与焉？彼而漠然置之，犹可言也；我而漠然置之，不可言也。使举国之少年而果为少年也，则吾中国为未来之国，其进步未可量也；使举国之少年而亦为老大也，则吾中国为过去之国，其澌亡可翘足而待也。故今日之责任，不在他人，而全在我少年。少年智则国智，少年富则国富，少年强则国强，少年独立则国独立，少年自由则国自由，少年进步则国进步，少年胜于欧洲则国胜于欧洲，少年雄于地球则国雄于地球。红日初升，其道大光；河出伏流，一泻汪洋；潜龙腾渊，鳞爪飞扬；乳虎啸谷，百兽震惶；鹰隼试翼，风尘吸张；奇花初胎，矞矞皇皇；干将发硎，有作其芒；天戴其苍，地履其黄；纵有千古，横有八荒；前途似海，来日方长。美哉，我少年中国，与天不老！壮哉，我中国少年，与国无疆！

“三十功名尘与土，八千里路云和月。莫等闲、白了少年头，空悲切！”此岳武穆《满江红》词句也，作者自六岁时即口受记忆，至今喜诵之不衰。自今以往，弃“哀时客”之名，更自名曰“少年中国之少年”。

声　明

本书所收文章，我社曾在第一时间联系了各大院校，截止到图书出版前，因种种原因，部分作者未能联系到。为了图书出版的完整性，展示更多优秀篇章，使本书不留遗憾，我们对这部分优秀文章进行了保留处理。恳请相关作者给予理解和支持，特此表示感谢。请见此声明后与我社联系，以便商榷稿酬及其他未明事宜。